Lewin & Margraf

Jochanaan in der Zisterne

Kriminalroman

Zweite Reihe 2009
Argument

Redaktion und Lektorat: Gabriele Reinhold

Die Deutsche Bibliothek – CIP-Einheitsaufnahme
Lewin, Waldtraut:
Jochanaan in der Zisterne / Waldtraut Lewin/Miriam Margraf.
Berlin ; Hamburg : Argument-Verl., 1996
(Zweite Reihe ; 2009)
ISBN 3-88619-909-6
NE: GT

Originalausgabe

Rentzelstraße 1, 20146 Hamburg
Telefon 040 / 45 36 80 – Fax 040 / 44 51 89
Umschlag: Martin Grundmann unter Verwendung des Bildes »The Climax« von Aubrey Beardsley
Texterfassung durch die Autorinnen
Fotosatz: Steinhardt, Berlin. Druck: Alfa, Göttingen
Gedruckt auf säure- und chlorfreiem Papier
Erste Auflage 1996

1

»Aufwachen, Polizei!«

So ein Blödsinn, dachte ich. Das heißt doch: Aufmachen, Polizei! Jemand faßte mich an der Schulter. Ich kann es nicht ausstehen, angegrapscht zu werden, außer wenn ich es wünsche.

»Finger weg«, murmelte ich aus dem Schlaf heraus und versuchte, mich auf die andere Seite zu rollen.

Etwas leuchtete unangenehm in mein Gesicht. Ich drehte den Kopf weg. Die Helligkeit folgte nach. Mit Mühe öffnete ich die verklebten Lider und hielt schützend die Hand vors Gesicht. Vor meinem Bett standen zwei Bullen. Ich machte die Augen schnell wieder zu. Ganz fest. Wenn das ein Traum war, wollte ich jetzt was anderes träumen.

»Aufwachen!«

Langsam tauchte ich auf von ganz weit her.

Das war meine Wohnung. Aber das war nicht mein Bett. Das war das Gästehochbett. Warum lag ich nicht in meinem Bett? Dann hörte ich das Geschrei. Ein hohes, schrilles Kinderweinen.

Amina!

Ich taumelte hoch, stieß mir den Kopf an der Zimmerdecke, verfehlte die Stufen der Leiter und rutschte zu Boden.

»Ziehen Sie sich gefälligst was über!«

Ach ja. Ich hatte nackt im Bett gelegen.

»Wenn Sie mir den Morgenmantel geben würden, da rechts«, brachte ich mit schwerer Zunge hervor.

Eine der beiden uniformierten Gestalten half mir in das Stück. Ich taumelte. Mein Kopf tat mir weh, daß ich dachte, er würde zerspringen. Amina schrie noch immer. Ich hockte mich zu ihr und nahm sie in die Arme. Sie war eiskalt und zitterte.

»Wir haben das Kind allein und im Schlafanzug auf der Straße aufgegriffen. Sind Sie die Mutter?«

»Ja, das heißt, nein«, sagte ich.

Aminas Schreien ging langsam in ein tiefes Schluchzen über.

»Sie müssen doch wissen, ob Sie die Mutter sind.«

»Lassen Sie uns einen Augenblick«, verlangte ich. Ich wiegte Amina hin und her und hauchte meinen Atem auf ihren Hals.

»Ist das deine Mutti, Kleine?«

»Sie kann Sie nicht hören. Sie ist taub«, erwiderte ich.

Mein Kimono stand offen. Das Kind schniefte an meiner Brust, fuhr mit eisigen Händen darüber.

»Was geht hier eigentlich vor?«

»Das frage ich Sie«, gab ich zurück. Langsam lichteten sich die Nebelschwaden in meinem Kopf. »Wie kommen Sie in meine Wohnung?«

»Die Tür stand sperrangelweit offen, junge Frau. Und das Kind war allein auf der Straße. Nachbarn haben uns alarmiert. Die Haustür...«

Ich unterbrach ihn. »Lassen Sie die Haustür! Das Kind ist da, alles ist gut. Danke für Ihre Mühe. Danke, Freunde und Helfer. Liebe Nachbarn. Wir möchten jetzt wirklich schlafen. Gute Nacht.«

Sie rührten sich nicht von der Stelle.

Ich sah von unten zu ihnen auf, runde Gesichter, der Schirm der Uniformmützen darüber wie ein Mauervorsprung. Ich hätte sie wohl auch dann nicht auseinanderhalten können, wenn ich mich darum bemüht hätte.

»So einfach geht das nicht. Ihre Personalien.«

»Gleich. Sehen Sie nicht, daß wir noch einen Moment brauchen?«

Amina schluchzte nur noch leise. Ihre Augen waren bereits geschlossen. Ihre Finger tasteten immer noch über meine Brüste, und die beiden gafften.

Von Zeit zu Zeit drehte sich der Raum um mich. Jetzt begannen auch Arm und Schulter zu schmerzen. Das kam von diesem Fall aus dem Hochbett.

Sie sahen wohl ein, daß es besser war zu warten, bis Amina schlief.

Ich wiegte sie unter ihren Blicken. Dann legte ich sie behutsam zwischen das zerwühlte Bettzeug der Couch und deckte sie zu. Als ich mich aufrichtete, sah ich die Blutspuren. Sie führten über meinen hellen Teppich zur Tür.

»Oh«, sagte ich, »offenbar hat sich jemand verletzt.«

Sie starrten erst mich an, dann das Blut.

»Offenbar. Jetzt zu Ihnen.«

»Darf ich mich erst anziehen?«

Ich wankte Richtung Bad. Die Blutspuren hörten im Flur auf.

Die Wanne war voll von Erbrochenem. Mir wurde auch schlecht. Ich raffte meinen Pyjama von gestern aus dem Wäschekorb und zog ihn an, mit angehaltenem Atem, wegen des Gestanks. Dann zerrte ich mir den Kamm durchs Haar. Ich sah aus wie schon gestorben.

Die beiden standen rum wie Holzklötze.

Ich suchte meine Handtasche – eine Ewigkeit, wie es mir vorkam – und wühlte meinen alten DDR-Ausweis aus dem Seitenfach. Meine Finger zitterten.

Die beiden starrten darauf wie auf ein Requisit aus dem Weltraum.

»Was ist das?«

»Mein Paß.«

»Der läuft demnächst ab, wissen Sie das nicht?«

»Doch, weiß ich.«

Beide blätterten in dem Büchlein herum, erst der eine, dann der andere, und drehten es hin und her.

»Sie heißen Maria Sophie Gerber, Doktor phil., geboren am 15.5.60 in Haldensleben.«

Ich nickte.

»Das Kind ist hier nicht eingetragen.«

»Ich hab Ihnen doch schon gesagt, daß es nicht mein Kind ist.«

»Wieso ist das Kind hier?«

»Die Mutter ist eine Freundin. Das Kind ist sehr oft bei mir. Die Mutter ist vielbeschäftigt.«

»Name der Mutter?«

»Tabeau. Elisabeth Tabeau. Die Sängerin. Kennen Sie die nicht? Sie hat heute ›Salome‹ gesungen.«

»Salome? Ist das eine Rockband?«

Ich brach in nervöses Kichern aus.

»Beherrschen Sie sich, ja?!«

Amina regte sich im Schlaf. Ich deckte sie zu.

»Was ist hier vorgegangen?«

»Was meinen Sie?«

Die Handbewegung des einen lenkte meinen Blick durchs Zimmer.

Leere und halbleere Flaschen, umgekippte Gläser, volle Aschenbecher, auf dem Tisch Reste vom Nudelsalat, benutzte Teller und Bestecke. Über einem Stuhl hing Unterwäsche. Vielleicht meine.

Ich strich mir übers Haar.

»Ach das. Wir hatten Premiere. Nach der offiziellen Feier sind noch ein paar Kollegen mit zu mir gekommen. Wir wollten diese Frau nicht mehr sehen.«

»Welche Frau?«

»Unwichtig.« Mir fiel etwas ein. »Wo ist Freddy?«

»Wer ist Freddy?«

»Kammersänger Alfred P. Kordes. Unser Jochanaan. Er wollte hier übernachten. Das heißt, der Wahrheit die Ehre, er war zu voll, um wegzugehen. Darum habe ich ja im Gästebett gelegen.«

Mein Blick fiel auf das Bettzeug und Amina dazwischen. Natürlich. Das Mädchen war aufgewacht, hatte mich in meinem Bett gesucht und nicht gefunden, war in Panik geraten und auf die Straße gelaufen.

Bloß – wo war Freddy abgeblieben?

»Wie erklären Sie sich dies Blut?«

Ich zuckte die Achseln. »Ich habe keine Ahnung. Vielleicht hatte jemand Nasenbluten gehabt? Ich war genauso betrunken wie die anderen.«

»Die Haustür...«

»Was wollen Sie nur mit der Haustür?«

»Sie ist eingetreten worden. Jede Menge Glasbruch.«

»Vielleicht war abgeschlossen, und Freddy wollte weg...«

»Wieso haben Sie ihm nicht aufgeschlossen?«

»Hören Sie, ich war betrunken. Wenn ich betrunken bin, falle ich in einen ohnmachtsähnlichen Schlaf. Da weckt mich nichts und niemand.«

»Scheint so«, sagte der eine nachdenklich.

»Dürfen wir jetzt schlafen?«

»Wir werden Ihre Angaben überprüfen.«

Endlich waren sie weg.

◇

Ich wankte in die Küche. Erneut mußte ich gegen Brechreiz ankämpfen. Es roch nach den ganzen Resten, die hier herumstanden – aufgeschnittene Zwiebelringe, trockene Käsestücke, zum Teil angebissen, in der großen Schüssel schwammen ein paar lappige Salatblätter in Sauce. Fischgräten in übervollen Aschbechern.

Ich öffnete das Medizinfach, schüttete mir ein paar Schmerztabletten in die hohle Hand und nahm sie mit Wasser aus dem

Hahn. Wenn ich sie nicht auskotzen mußte, würden sie mich retten.

Dann ging ich ins Zimmer zurück, zog einen Jogginganzug über den Pyjama und besah mir die Bescherung mit der Haustür.

Wo gestern noch eine verdrahtete Sicherheitsglasscheibe war, klaffte ein Loch. Die Scherben lagen teils draußen, teils drinnen. Jemand mußte mit ungeheurer Wucht gearbeitet haben, bestimmt mit einem harten Gegenstand.

Wie eingetreten sah das nicht aus.

Ich holte einen Besen und schob die Splitter beiseite. Es pfiff eisig zur Tür herein. Gott, würde das Ärger geben, wenn das Haus munter geworden war...

Das Kind wachte nicht auf, als ich ihm den Overall, die Handschuhe und die Stiefel anzog. Ich trug es die Treppen hinunter. Der Buggy stand hinten im Flur. Ich stopfte Amina so tief in den Fellsack, wie es nur ging. Sie war längst zu groß für den Wagen. Aber sie lief nicht gern, und es sparte Zeit, wenn man mit ihr in der Stadt unterwegs war. Elisabeth und ich, wir hatten es stets eilig.

Meine Hände flatterten noch immer wie Insektenflügel.

Der Wind kam uns direkt entgegen. Ich schob den Wagen und hielt mich gleichzeitig an ihm fest. Auf der Straße war kein Mensch. Es ging auf den Morgen zu.

Man konnte nur die Straßenmitte benutzen, wegen der Baustellen. Sie sanierten die Bürgerhäuser, an denen seit über fünfzig Jahren nichts gemacht worden war, einige hatten noch die Einschußlöcher vom Krieg. Die Plastikbahnen vor den Baugerüsten knallten und knatterten im Wind.

Ich bog am ehemaligen Kino auf den Platz ein und ließ die Burg links liegen. Vom Fluß her wehte Nebel in Schwaden. Ich verbarg das Kinn im Kragen meiner Jacke. Jetzt war ich völlig nüchtern.

Das Haus an der Uferpromenade war stockdunkel. Ich nahm meinen Finger wohl zehn Sekunden nicht vom Klingelknopf.

Fred hatte keinen festen Schlaf. Entweder er war nicht da, oder er wollte nicht aufmachen.

Ich schob den Wagen auf die andere Straßenseite, um die Fensterfront im ersten Stock besser sehen zu könne. Die Vorhänge hingen so still, als sei die Wohnung seit Jahren verlassen. Das ganze Haus samt seinem verluderten Vorgarten mit den Relikten der im vorigen Winter erfrorenen Rosenstöcke sah wie ein Geisterschloß aus. Ich klingelte noch einmal, lange. Dann trat ich den Rückweg an. Auf der Brücke blieb ich stehen und starrte auf das schwarze, sprudelnde Wasser. Ich schluckte schwer an meinen Tränen. Das Kind drehte sich im Schlaf auf die Seite. Es lächelte.

◇

Ich schuftete bis zum Hellwerden, um die Bude wieder auf Vordermann zu bringen, räumte auf, wusch ab, putzte Bad und Wanne mit Mundschutz, Eau-de-Cologne-getränkt. Gummihandschuhe bis zu den Ellenbogen, ging ich den Blutflecken auf der Auslegware mit schärfsten chemischen Keulen zu Leibe.

Dann duschte ich, wusch mir die Haare und legte mich in frischer Wäsche aufs Bett, die Arme hinterm Kopf verschränkt. Ich war wach und ruhig.

Premierenfeiern sind meistens Mist.

Alle Spannungen, die sich in einem Vierteljahr Proben angehäuft haben, entladen sich dort, wo plötzlich alle loslassen. Und wenn ein Probenprozeß so gewitterschwer war wie der zu unserer »Salome«, mußte es ja zu einem Knall kommen. Der Erfolgszwang hatte uns wohl oder übel zusammengehalten – und ein Erfolg war es ja dann auch geworden. Aber nun schieden sich die Geister an der Person dieser Frau, die man dem Ensemble als Regisseurin aufgezwungen hatte. Natürlich war es hirnrissig von mir gewesen, mit der Gegenpartei eine Sezession aus der Kantine zu veranstalten, um bei mir zu Haus weiterfeiern zu können. Ich wußte ja, daß Belinda nicht mitkommen würde. Ich hätte einfach aufstehen, zu dem Kind gehen und den Abend allein verbringen sollen – mit soviel Weißwein, bis der Schlaf gekommen wäre. Statt dessen das Spektakel: Auszug der Opposition, wo ohnehin alles vorbei war...

Es war gleich acht. Fred Kordes hatte bestimmt, wie nach jeder Vorstellung, den Telefonstecker gezogen. Er würde nicht vor elf oder zwölf aufwachen. Die anderen auch nicht.

Ich sollte auch lieber schlafen. Aber ich konnte nicht. Wie eine bleierne Wolke fühlte ich das kommende Unheil über mir.

Das Kind wachte auf. Ich wusch es. Zog es an und gab ihm sein Frühstück. Es versuchte, mir etwas in der Fingersprache zu erzählen, die es in der Kindergruppe für Gehörlose lernte und die ich genausowenig verstand wie seine Mutter; wir hatten keine Zeit, so etwas zu erlernen.

Auf mein Kopfschütteln hin lächelte es und sah mich zärtlich an. Es hatte Belindas Augen, die Taubenaugen des Verrats.

◇

Der Tanz ging nach neun los.

Die Hausmeisterin, eine rundliche Person mit flachem Gesicht unter blaugespültem Haar, deren superfreundliches Lächeln mir schon immer auf den Geist gegangen war, stand in der Tür. Von Lächeln jetzt keine Spur. Eine Miene aus Stein. Wann ich denn vorhätte, die Tür reparieren zu lassen. Schließlich befände sich so das ganze Haus in Gefahr.

»Heute ist Sonntag, Frau Lehnhoff«, sagte ich und bemühte mich, ruhig zu bleiben. »Am Montag.«

»Da gibt's doch 'n Notdienst, nu?« nuschelte sie feindselig.

»Bestimmt. Aber vielleicht halten die Bewohner ja auch die Gefahren einer kaputten Haustür eine einzige Nacht aus.«

Sie sah mich geringschätzig an.

»Sone Vorfälle gab's nich in diesem Haus, bevor Leute wie

Sie hier eingezogen sind, Frau Doktor Gerber. Wir werden Anzeige erstatten. Hausfriedensbruch.«

Ihr bemühtes Hochdeutsch, durch das der Dialekt durchschimmerte, tat meinen Ohren weh. Mit »Leute wie Sie« meinte sie offenbar Leute vom Theater. Daß ich hier schon fast drei Jahre wohnte, schien sie zu ignorieren.

»Haben *Sie* die Polizei alarmiert?«

»Nu, nu. Wir ham Todesangst gehabt, mein Sohn und ich. Nachts um drei, der ganze Krach, Knirschen, Schläge an der Tür und das alles.«

Der Sohn war ein langer, dicker Tolpatsch von dreißig Jahren, Junggeselle, der immer auf dem Treppenabsatz herumkroch, wenn bei mir mal eine junge Frau zu Besuch kam. Vor allem bei Belinda. Er hätte ja auch mal ohne dieses Stimulans von da oben nachgucken können, was passierte.

»Und als dann das Kind auf der Straße rumgeirrt is und gebrüllt hat wie am Spieß...«

Ich war ihr wahrscheinlich sogar noch zu Dank verpflichtet. Wer weiß, was sonst mit Amina geschehen wäre. So rang ich mir ein Lächeln ab.

»Sie waren ganz korrekt, Frau Lehnhoff. Ich muß mich entschuldigen. Aber so was kann nun mal vorkommen. Nicht bloß bei Theaterleuten.« (Ich erinnerte mich, daß der Gerichtsdiener aus dem dritten Stock vor einem halben Jahr seine Frau krankenhausreif geprügelt hatte.)

Die Frau sah mich voller Haß und Genugtuung an und verzog die schmalen Lippen zur Andeutung eines Lächelns. Es gefiel ihr sichtlich, daß ich so mies dastand vor ihr.

Ich schlug ihr die Tür vor der Nase zu.

2

Die Polizei kam eine halbe Stunde später.

(Nun standen die Lehnhoffs auf dem Treppenabsatz und machten lange Hälse.)

Wieder waren es zwei Beamte, aber wohl nicht die von heute nacht, obwohl ich an die keinerlei Erinnerung mehr hatte.

»Frau Doktor Sophie Gerber?«

»Das Doktor können Sie vergessen. Ich mache keinen Gebrauch davon.«

»Wir müssen Sie bitten, uns aufs Präsidium zu begleiten.«

»Was wird mit dem Kind?«

»Das Kind bringt eine Beamtin zu seiner Mutter.«

Offenbar waren sie bestens informiert.

»Das wird nicht gehen. Frau Tabeau hatte gestern eine anstrengende Premiere. Sie schläft noch.«

»Wir regeln das schon.«

Ich zuckte die Achseln.

Amina saß auf dem Fußboden und spielte mit Wäscheklammern. Ich nahm ihren Kopf in die Hände, damit sie mir vom Mund ablesen konnte.

»Amina. Eine Frau bringt dich zu Mama.«

Sie strahlte auf.

»Vielleicht ist die Mama noch sehr müde«, artikulierte ich weiter. »Nicht stören, nein?«

Das Mädchen schüttelte energisch den Kopf. Wir alle waren gewohnt, Elisabeth als den Pol zu sehen, um den sich alles drehte.

Ich ging kurz ins Bad, um mich zu kämmen. Was ich sah, veranlaßte mich, schnell die Augen zu schließen.

»Graue Maus, aber wenigstens mit Titten«, hatte Jürgensen, dieser Macho von Bühnenmeister, mich mal genannt. Maus – das war schon treffend: spitze Nase und eindringliche Augen. Eine Schönheit bin ich nie gewesen, aber eine Nacht wie die vorige konnte mich mir selbst zum Abscheu machen.

Ich steckte die Haare hoch – viel half das auch nicht, dies Haar war zu kraus und hielt nie – und zog den Mund nach. Alles hatte mehr symbolischen Wert.

Wir fuhren alle zusammen los, im selben Wagen. Die Beamtin hatte auf uns gewartet. Sie beherrschte die Taubstummensprache, was mich irritierte. Sie und Amina tauschten eine flinke Abfolge von Gesten aus. Was wollte sie von dem Kind? Wir fuhren durch die sonntäglich leere, graue Stadt.

Elisabeth Tabeau wohnte, nachdem sie vor drei Jahren, genau wie ich, das Theaterwohnheim mit einem Krach verlassen hatte, in einer Eigentumswohnung am nördlichen Stadtrand. Wo der Wald beginnt. Es war da schön und grün. Leider war sie fast nie da. Arbeit und Sex. Gastspiele, die ersten CDs. Männer und Frauen. Ein aufgehender Stern am Opernhimmel.

Amina küßte mich zum Abschied auf den Mund. Sie war glücklich, ihre Mutter zu sehen.

Nachdem wir die beiden vor der Tür des Penthouse abgesetzt hatten – sollten sie sehen, wie sie hineinkamen –, fuhren wir weiter, aber in eine andere Richtung, als ich erwartete. Dort lag das Polizeipräsidium nicht. Wir fuhren zur Universitätsklinik.

◇

Es war entsetzlich kalt in dem Raum, in dem er lag. Sie hatten ihn von Kopf bis Fuß weiß zugedeckt und enthüllten mir nur sein Gesicht.

»Ja natürlich«, sagte ich. »Natürlich ist das Alfred P. Kordes.«

Ich war wacklig auf den Beinen. Der schöne Bart, den er sich extra für den Jochanaan hatte wachsen lassen, wirkte so fasrig und unvollkommen.

»Aber wieso denn?«

»Er ist am Wehr angetrieben worden.«

»Am Wehr? Der Fluß führt Hochwasser. Das Wehr ist gezogen.«

»Nicht mehr seit vorgestern. Interessieren Sie sich für Wasserstände?«

»Nein. Ich gehe am Fluß spazieren. Aber seit vorgestern nicht. Wir hatten Premiere.«

»Ach ja, Sie hatten Premiere.«

Der da mit mir redete, hatte sich den Leuten in weißen Kitteln dazugesellt, als ich Freddy identifizierte. Jetzt hatte er mich am Ellenbogen genommen und führte mich sanft, aber bestimmt durch endlose Gänge.

Er war sehr groß. Das war das erste, was mir auffiel. Er trug eine schwarze Lederjacke, deren zugeknöpfte Brusttasche in meiner Augenhöhe war. Als ich an ihm hochschielte, sah ich, daß sein Kinn sehr gut rasiert war.

Das Zimmer, in das er mich brachte, mußte so eine Art Ruheraum für die Mediziner sein. Es gab eine Couch, etwas, das man früher eine Sitzecke nannte, einen Tisch mit einer Kaffeemaschine und allem Zubehör und schrecklich viele Grünpflanzen. Grün beruhigt bekanntlich.

»Wollen Sie Kaffee?« fragte er und schenkte, ohne die Antwort abzuwarten, zwei Tassen voll. Dann plazierte er neben dem Kaffee ein kleines Tonbandgerät. Er sah mich nicht an.

Er war ein langnasiger Typ mit fliehendem Kinn und hängenden Mundwinkeln, vielleicht Mitte Vierzig, jemand, der so aussah, als hätte das Leben nur Kränkungen für ihn bereit gehabt. Das brachte ihn mir irgendwie nah. Sein Haar war stark gelichtet, stieß aber im Nacken auf den Kragen. Ungepflegt. Nicht gerade ein Siegertyp.

»Sie heißen Sophie Gerber und sind leitende Musikdramaturgin am hiesigen Stadttheater, fünfunddreißig Jahre alt, unverheiratet.«

Ich unterbrach ihn. »Bedeutet das jetzt eine Vernehmung?«

Er blickte mich auch jetzt nicht an.

»Sie waren vermutlich die letzte Person, die Kammersänger Alfred P. Kordes lebend gesehen hat. Da müssen Sie schon gestatten, daß man nachfragt.«

Mein Kopf begann wieder zu schmerzen. Ich umklammerte die Kaffeetasse mit beiden Händen und nahm einen tiefen Schluck. Das Zeug war brühendheiß.

»Entschuldigen Sie. Sie haben sich nicht einmal vorgestellt.«

»Ja. Arndt. Peter Arndt. Mordkommission.«

»Mordkommission?«

»Meinen Sie, Herr Kordes hat sich freiwillig in den Fluß gestürzt?«

»Er war betrunken. Er wird hineingefallen sein. Schließlich wohnt er an der Uferpromenade.«

»Hineingefallen? Ja. Nach einem Schlag auf dem Kopf.«

Das erste Mal hob er die Lider von den Augen – graublaue Augen, die so eng beieinanderstanden, daß es fast so aussah, als schiele er.

»Na, das sind ja Sachen«, bemerkte ich und setzte die Tasse ab. Meine Hände waren ruhig.

»Bitte erzählen Sie, Frau Gerber.«

»Was gibt es da zu erzählen. Wir waren alle nicht mehr zurechnungsfähig. Irgendwann schlief ich.«

»Der Reihe nach, bitte. Hatte es Streit gegeben bei der Premierenfeier?«

»Streit? Nein. Viele von uns waren dieser Regisseurin nicht grün. Eigentlich war das halbe Ensemble schlecht auf sie zu sprechen, einschließlich des Dirigenten. Eine inkompetente

Person, eine von diesen Zeitblüten. Keine Ahnung von Oper. Ein Protegé des neuen Intendanten, den man uns vor die Nase gesetzt hat.«

Ich nahm noch einen Schluck Kaffee.

»Ich habe die Frühkritik gehört«, sagte er. »Man spricht von einer unkonventionellen Regiekonzeption und von einem großen Erfolg.«

»Die Leute fallen auf jede Effekthascherei herein. Letztlich haben sich die Sänger gegen das Konzept behaupten müssen.«

Er seufzte. »Das klingt sehr unfreundlich.«

»Mangelnde Freundlichkeit muß ja nicht gleich Streit bedeuten.«

»Mir ist zu Ohren gekommen, daß sich Generalmusikdirektor Mierenbusch geweigert hat, mit der Dame anzustoßen?«

Ich zuckte die Achseln. »So genau habe ich nicht beobachtet, Herr Arndt. Ich fand einfach irgendwann, daß man sich nicht länger als unbedingt nötig mit – wie sagten Sie doch? –, mit der Dame aufhalten mußte. So bat ich ein paar Kollegen, mit zu mir zu kommen, da ist man ungestört. Ich wohne relativ nah am Theater. Und ein Kind hatte ich auch zu hüten.«

»Hüten Sie öfter Kinder?«

Ich schnaubte durch die Nase. »Sicher wissen Sie ganz genau, daß ich nur Belindas Kind hüte – ich meine, das Kind von Elisabeth Tabeau.«

»Frau Tabeau war auch mit zu Ihnen gekommen?«

»Nein. War sie nicht.«

Er sah mich wieder an, und die grämlichen Falten um seinen Mund verstärkten sich. Wir schwiegen beide. Was wollte er von mir?

»Sie waren darauf eingerichtet, daß noch Gäste zu Ihnen kommen würden?«

»Meine Güte«, sagte ich, »was heißt hier *eingerichtet*? Ich hatte ein bißchen eingekauft, und ein Salat war auch da. Ich bekomme häufig Gäste. Kollegen.«

»Hm. Also bitte: Wer war alles mit zu Ihnen gegangen?«

Er zog das Programmheft aus der Innenseite seiner Lederjacke, schlug den Besetzungszettel auf und zückte einen Stift. Er war gut vorbereitet.

»Fred Kordes«, sagte ich spröde.

»Kordes gleich Jochanaan«, murmelte er und hakte ab. »Wie war es mit Herodias?«

»Frau Hinz-Henke geht nie auf Premierenfeiern, seit sie nicht mehr die ersten Partien singt. Ebensowenig wie Giulio Tartini – Herodes«, half ich nach, als ich sah, daß er den Namen nicht auf Anhieb fand. »Die beiden sind ein Ehepaar, nicht bloß wie hier auf der Bühne. Mierenbusch besucht nie jemanden privat. Seine Frau wartet nicht gern. Und Richard Strauss war auch nicht da.« Ich lachte auf.

»Richard Strauss?« Er sah mich mit gerunzelten Brauen an.

»Der Komponist. Er ist schon ein Weilchen tot, wissen Sie?«

»Frau Gerber! Ist das der Moment für Kalauer?«

»Herr Arndt, hören Sie auf, mit dem Besetzungszettel herumzusuchen. Ich erzähle Ihnen einfach, wer da war«, sagte ich ungeduldig. Meine Schläfen pochten.

Er begann zu schreiben.

◇

»Eva Backhaus, Bühnenbildnerin«, rekapitulierte Arndt seine Liste noch einmal.

»Nein, Kostümbildnerin«, unterbrach ich. »Das ist was anderes. Und ihr Mann, Chef der Herrenschneiderei.«

Er korrigierte mit zusammengepreßten Lippen, notierte auch die Chargen, die mitgekommen waren, Moritz Benin, den Operettentenor, der den Narraboth gesungen hatte, weil wir keinen besseren haben, die zwei Orchestermusiker und ihre Frauen.

»Frau Tabeau nicht?«

»Das sagte ich schon. Frau Tabeau nicht. Ach ja, und die Ziegler.«

»Wer ist die Ziegler? Wo steht die?«

»Die steht nirgendwo. Das ist die Intendanzsekretärin. Ehemalige Tänzerin. Durfte gnädigerweise auch beim neuen Chef bleiben. Zählt zum harten Kern.«

»Zum harten Kern wovon?«

Er hörte auf zu schreiben.

»Alles Leute, die schon vor der Wende im Haus waren und nicht sonderlich entzückt sind von den Arbeitsbedingungen.«

»Eine Art Opposition?«

»Soweit würde ich nicht gehen. Unzufriedene vielleicht.«

»Und dann? Man wechselte zu Ihnen.«

»Ja. Wir tranken. Wir redeten über die Aufführung, fachsimpelten, schimpften ein bißchen. Machten Musik an. Einige tanzten, um sich zu entspannen. Irgendwann waren eigentlich alle betrunken. Das ist normal. Als es klar wurde, daß Freddy – Kammersänger Kordes – nicht mehr weg konnte, machten wir ihm das Bett und legten ihn rein, in Sachen. Die anderen gingen dann wohl. Ich schlief im Gästebett. Ich schlafe sehr tief, wenn ich getrunken habe. Mehr weiß ich nicht.«

Er schaltete das Gerät aus, das die ganze Zeit gelaufen war.

»Hatten Sie Sex mit Herrn Kordes?«

»Wir waren alle weggetreten.«

»Aber sonst haben Sie Sex mit Herrn Kordes? Ist er Ihr Geliebter?«

»Er ist tot«, sagte ich.

Auf einmal konnte ich nicht mehr. Ich legte die Arme auf den Tisch, meinen Kopf darauf und brach in Tränen aus.

Er stand auf.

»Kommen Sie«, sagte er, »ich fahre Sie nach Haus.«

Nach Haus! Der Mann wußte, was mich erwartete, als er mir diesen Vorschlag machte.

Das Bullentaxi stand bereits vor der Tür. Die Herren hatten Durchsuchungsbefehl.

Der lange Arndt hielt den Blick beharrlich gesenkt.

Wie eine Prozession, so zogen wir durch die zerschlagene Haustür (die gleich von zweien inspiziert wurde), die Treppe hoch und in meine Wohnung. Überall im Haus hörte ich die Türen gehen. Die Nachbarn hatten ihre Beschäftigung mit mir.

Ich kümmerte mich um gar nichts. Ich nahm die nächste Ration Kopfschmerztabletten und streckte mich auf dem Bett aus. Sehr bald zeigte sich, daß die Beamten mit mir und dem Zustand meiner Wohnung höchst unzufrieden waren.

»Frau Gerber«, begann Arndt bedrückt. »Meine Kollegen beschweren sich. Sie haben ja alle Spuren verwischt.«

Ich öffnete die Augen nicht.

»Ich hab nach einer Party aufgeräumt. Woher sollte ich wissen, daß sich der Dreck als Spuren herausstellt?«

»Die Polizeibeamten, die heute nacht hier waren, haben von Blut auf dem Teppich gesprochen.«

»Richtig. Ich habe wie der Teufel putzen müssen, um es von dem hellen Teppichboden wegzukriegen.«

Er seufzte mal wieder. Immer war er traurig.

»Hat Ihnen denn niemand gesagt, daß Sie nichts verändern sollten?«

»Warum wohl? Als die Polizisten hier waren, hatte ja noch keiner eine Leiche gefunden, die Alfred P. Kordes war.«

»Ja, das stimmt«, gab er zu. »Nun, der Kollege will trotzdem ein paar Fasern vom Teppich. Darf er wohl auch eine Probe unter Ihren Nägeln entnehmen?«

»Von mir aus. Aber ich habe Gummihandschuhe getragen und außerdem vorhin gründlich geduscht.«

»Dann erübrigt sich das wohl«, meinte Arndt. Seine Stimmung schien auf dem Nullpunkt zu sein. »Übrigens, was die Haustür angeht: Waren die Scherben draußen oder drinnen?«

»Sowohl – als auch«, entgegnete ich.

Er stand unschlüssig herum.

»Verzeihen Sie die Umstände. Wir müssen jeder Spur nachgehen. Schließlich haben Sie ihn ja zuletzt gesehen.«

»Gesehen habe ich ihn nicht, Herr Arndt«, sagte ich. »Ich weiß nur, daß er hier übernachten wollte. Ich betone noch mal: Mein Schlaf war wie der Tod.«

Nachdem ich das gesagt hatte, erschrak ich sehr. Es war sehr still.

»Stehe ich irgendwie unter Verdacht?« fragte ich hastig.

»Reine Routine«, murmelte er. »Ach, würden Sie wohl auch einmal nachsehen, ob etwas fehlt?«

»Es fehlt nichts«, erwiderte ich. »Ich habe beim Putzen alles Revue passieren lassen. Meine Wohnung ist in Ordnung.«

Was sollte ich da nachsehen? Ich wußte, daß der alte Duschvorhang und der Fleischklopfer fehlten.

◇

Ich wartete, bis sie da draußen abgefahren waren.

Warum nur mußte ich vor diesem Arndt in Tränen ausbrechen? Ich war wütend auf mich. Es war inzwischen Mittag, ein grauer, unerquicklicher Mittag an einem grauen, unerquicklichen Vorfrühlingssonntag, und Hochwasser, auch wenn das Wehr wieder geschlossen war.

Ich räumte auf, bis meine Wohnung aussah, als sei sie nicht bewohnt. So liebte ich es, und so hielt ich es, wenn das Kind nicht da war. Kein Lärm, keine Unordnung, keine Notwendigkeit, irgend etwas zu veranstalten oder vorzubereiten. Für mich selbst kochte ich nie. Ich kam mit einem Tee, einem Glas Milch, einem Butterbrot aus.

Ich ging ins Bad und begann mich zu schminken, aber als ich mir die Augen dick mit Kajalstift umrandet hatte, fand ich mich unmöglich und wischte alles wieder ab.

Ich kroch in Schuhe und Mantel, nahm ein Kopftuch um und verließ das Haus.

Der Fluß war schwarz wie die Nacht und führte den Schlamm der Äcker mit sich. Vor kurzem noch hatten die Schaumklöße der Chemie darauf geschwommen, und der stechende Geruch der Detergenzien war einem in die Nase gestiegen. Das war nun vorbei. Jetzt war das bloß Schmutz.

Ich ging zur Seitengasse, wo die Ruine der Mühle am Flußarm vor sich hindämmerte. Hier gab es ein kleines Wehr, das das Wasser fürs Mühlrad gestaut hatte. Die trübe Brühe rauschte hoch, strudelte nur ein paar Handbreit unter der Brücke vorbei. Da hatte sich einiges angesammelt – Baumäste, Balken, das Chassis eines Kinderwagens, ein Ball, Blechbüchsen.

Während ich noch stand und starrte, kam etwas großes Rosafarbenes angeschwommen. Es war ein totes Schwein, die Beine nach oben, den Bauch aufgetrieben.

Ich preßte den Zipfel meines Tuchs vor den Mund und rannte davon.

3

Der Pförtner Hoppe, mürrisch wie immer, grüßte nur mit einem Nicken und schielte kurz über den Brillenrand. Das Kreuzworträtsel war ihm wichtiger als mein Sonntagvormittagbesuch, wo ich im Haus nichts verloren hatte.

Im Theater schien die Todesnachricht noch nicht bekannt zu sein. Heute war kein Probenbetrieb. Wenn überhaupt jemand da war, dann nur die Bühnenarbeiter. Aber wahrscheinlich hatten sie die Dekoration der »Salome« gleich nach der Premiere abgebaut und die heutige Vorstellung – »Barbier von Sevilla« in der Inszenierung des alteingesessenen Hausregisseurs – aufgebaut.

Ich ging zur Bühne.

Ich hatte mich getäuscht. Vom Inspizientenpult in der rechten Bühnengasse aus sah ich im fahlen Licht der Notbeleuchtung noch den ganzen fatalen Aufbau dieser »Salome« stehen, als hätten wir heute schon die zweite Vorstellung. Das wunderte mich. Jürgensen, der Bühnenmeister, teilte die Dienste meist so ein, daß nach der Vorstellung abgebaut wurde; noch dazu bei einem Stück, das nur etwas mehr als eindreiviertel Stunden dauert, wäre das effektiv gewesen.

Das Pult, sonst eine leuchtende Insel von Knöpfen und Schaltern, war jetzt ausgeschaltet. Daneben befand sich der

Hydrant der Feuerwehr mit dem aufgerollten Schlauch und das plombierte gußeiserne Rad, mit dem man die Regenanlage anstellen konnte.

Der Anblick versetzte mir einen Stich. Mit großer Willensanstrengung schluckte ich den Speichel herunter, der sich unter meiner Zunge sammelte.

Da hatte es seinen Anfang genommen.

Wir hatten ihr das Haus gezeigt, Mierenbusch, der Intendant und ich – dieser Frau, die vom Theater, von der Oper nun rein gar keine Ahnung hatte und die hier die »Salome« inszenieren sollte. Sie war Filmregisseurin mit dem zweifelhaften Ruf, sich auf Thriller zu verstehen, und hatte einen großen PR-Gag gelandet, als sie einen echten Kriminalfall aufklären half. Seitdem war sie in der Branche gefragt. Und alles, was auf dem Markt gefragt war, hatte für unseren neuen Intendanten, Helge Pistorius, den West-Import, einfach magische Anziehungskraft.

Dieser Mann, den man uns vor einem guten Jahr vor die Nase gesetzt hatte, verstand es meisterhaft, Ensemble und Publikum vor den Kopf zu stoßen. Er gab sich nicht die geringste Mühe, sich mit der Tradition dieses Hauses und der Geschichte des Publikums in dieser alten Industriestadt auseinanderzusetzen. Zunächst einmal kehrte er beim Ensemble mit eisernem Besen aus, nur daß die Borsten dieses Besens oft die Falschen wegfegten. Am liebsten hätte er wohl auch noch Mierenbusch, den altgedienten Generalmusikdirektor, gefeuert, hätte ihm nicht irgendwer gesagt, daß der GMD ein Mann von internationalem Renommee war.

Freilich, der Burgfrieden zwischen den beiden war nur ein hauchdünner Film über einem Abgrund der Gegensätze. Mierenbusch war die Solidität in Person. H.P. wollte Sensationen. Mierenbusch arbeitete gediegen, pedantisch. H.P. wollte das Schnelle und Grelle. Und fürs Schnelle und Grelle gerade recht war die Person, die er da als »Salome«-Regisseurin eingekauft hatte – diese dicke Person mit dem kurzen Haarschnitt und der lauten, unbekümmerten Redeweise, die offen zugab, von der Oper soviel zu verstehen wie die Kuh vom Seiltanzen. Der Vergleich war gut. Eine gewisse Selbstironie mußte man ihr schon zugestehen.

Natürlich kannten sie sich von früher, Pistorius und diese Aurora Lenssen. Nachdem er bei einem Regionalsender als Redakteur herumgelungert hatte, wurde er Produktionsassistent bei der Firma, für die die Lenssen Werbespots drehte. Dann war er Musikredakteur beim Öffentlich Rechtlichen, bevor er, glücklicher Voll-Wessi, die Leiter hochgestolpert und im Osten Opernintendant geworden war – jaja, natürlich hatte er irgendwann mal Musik studiert. Sie waren beide ein Ei und ein Kuchen, gingen vor mir und dem GMD her, H.P. in seinem Armani-Anzug, sie mit ihrem Dragonerschritt im schlabberigen T-Shirt über angeschmuddelten Jeans.

Mierenbusch und ich sahen uns nicht an. Offenbar war dem großen, stillen, zurückhaltenden Mann diese Kumpelei peinlich.

»Ich hätte nie gedacht, Aurora, daß ich dir mal ein ganzes Theater zu Füßen legen könnte!« erklärte Pistorius gerade, und sie lachte – laut, ungeniert, ordinär.

Wir betraten die Seitenbühne am Inspizientenpult; dort, wo ich jetzt stand. Der Inspizient Karl Hörnlein und Jürgensen, der Bühnenmeister, warteten bereits auf uns. Pistorius nickte ihnen von oben herab zu, während Mierenbusch und ich sie nach guter alter Art mit Handschlag begrüßten.

Die Frau musterte die beiden aus ihren blauen, durchdringenden Augen, ohne etwas zu sagen.

Hörnlein schaltete Arbeitslicht ein und zwinkerte mir zu. Er war einer, der es faustdick hinter den Ohren hatte, es aber hinter einer trockenen Biederkeit verbarg. Jürgensen in seinem braunen Overall mit den Werkzeugen im Gürtel, das ewige Filzhütchen auf dem kahlen Schädel, begann ihr die Technik der Bühne zu erläutern. Sie hörte gar nicht hin. H.P.s Arm hatte sie losgelassen, war bis an den Orchestergraben vorgegangen und sah hinunter, bevor sie sich an den GMD wandte: »Also da kommt der Krawall her!«

Mierenbusch biß sich auf die Lippen. Dergleichen unqualifizierte Scherze hatte er wahrscheinlich zuletzt gehört, als die jovial-poltrigen Kulturbanausen von der Partei- und Staatsführung der DDR das Sagen hatten. Das war so deren Stil gewesen.

Die Frau drehte sich mit dem Rücken zum Zuschauerraum, legte den Kopf in den Nacken und sah zum Schnürboden hoch, wobei sie so weit zurücktrat, daß ich schon dachte, sie würde rücklings in den Orchestergraben fallen. Dann stieß sie einen bewundernden Pfiff aus, bei dem Hörnlein sichtlich zusammenzuckte, denn es gilt als ungeschriebenes Theatergesetz, daß man auf der Bühne (außer wenn die Rolle es verlangt) nicht pfeift und nicht ißt.

»Hui«, sagt sie beeindruckt, »das ist ja vielleicht hoch! Ich wollte, in dem Stück wäre da was, das fliegt – so richtig vom Himmel in die tiefsten Klüfte.« (Dieser »Idee« verdankten wir dann wahrscheinlich den Engel, der in dieser unsäglichen Inszenierung auftauchte.) Sie blickte rundum.

»Soll ich was vorführen?« fragte Jürgensen. »Die Züge? Die Drehbühne?«

Die Frau schüttelte den Kopf. »Keine Umstände, Meister. Ich glaube Ihnen, daß die Mechanik in Ordnung ist. Können Sie von da oben was runterschweben lassen, ganz langsam?«

»Natürlich«, erwiderte Jürgensen und musterte sie dreist. Ich konnte mir schon seine Bemerkungen vorstellen, mit denen er nachher die Erscheinung der Regisseurin kommentieren würde: Die steht ja gut im Fleisch!

Die Lenssen schenkte seinen unverschämten Blicken keinerlei Beachtung und redete weiter:

»Und nach vorn fahren, wenn es unten ist?«

»Also das ...«

»Also das werden wir sehen. Ein Kran vielleicht, was? Alles andere ist mir schnuppe. Ich setze auf das Licht. Licht ist das Leben der Kunst. Und darum will ich mir das Stellwerk angucken.«

Sie stapfte zu Hörnlein und taxierte sein Pult. Von Schaltern und Knöpfen schien sie was zu verstehen.

»Ziemlich dürftig«, bemerkte sie abfällig, und Hörnlein bekam rote Ohren vor Ärger.

»Es ist nicht das Inspizientenpult eines Staatstheaters im Westen, Frau Lenssen«, sagte er giftig, »aber ich versichere Ihnen, für uns reicht's.«

»Na, wenn's reicht, ist es ja gut«, gab sie lässig zurück. Und dann fiel ihr Blick auf das Bedienungsrad der Regenanlage, und sie lachte auf. »Was ist denn das für ein vorsintflutliches Gerät! Sieht ja aus wie aus einem Bremserhäuschen beim alten Pullmanzug im Wilden Westen!«

»Vorsintflutlich trifft es genau«, schaltete sich jetzt Pistorius ein, der beweisen wollte, daß er über sein Haus Bescheid wußte. »Denn wenn das Ding in Gang gesetzt wird, gibt es eine Sintflut.«

»Ach?« äußerte sie interessiert. »Wie das?«

»Theater sind außerordentlich gut brennbar«, erklärte der Intendant, »und Theaterbrände sind was Grausliches, vor allem bei vollbesetztem Zuschauerraum. Deshalb diese Vorrichtung. Wenn es, was der Himmel verhüte, brennen sollte, kann die Feuerwehr diese Plombe lösen und die Regenanlage anstellen. Wasserfluten nicht nur auf die Bühne, sondern auch aufs Parkett und auf die Ränge, meine Liebe! Die Düsen sind überall.«

Es faszinierte sie. »Rohre voller Wasser? Ich mag Wasser!«

»*Das* Wasser würdest du garantiert nicht mögen«, sagte H.P. lachend. »Das wird nur alle zwei Jahre kontrolliert. Kannst du dir vorstellen, was für eine stinkige Rostbrühe da drin ist? Dagegen ist es in der Kanalisation gemütlich!«

»Oder in eurem schwarzen Fluß«, ergänzte sie. »Ich stelle mir vor, an das Publikum werden Schirme ausgegeben, und irgendwann fängt es an zu regnen! Himmlisch! Warum krieg ich nicht so ein Stück?«

Mich schauderte. Wasser ist mir feindlich. Aber sie kam gar nicht runter von dem Thema.

»In diese Inszenierung muß auch Wasser! Moment mal, hockt dieser Knabe nicht in einer Zisterne?«

»Jochanaan, der Prophet«, half ich aus. Sie hörte nicht auf mich.

»Das ist es doch überhaupt!« Sie schlug Pistorius auf die Schulter, ihre Augen leuchteten.

»Das ist eine ausgetrocknete Zisterne«, wandte Mierenbusch leise ein. Er war sicher erstaunt, daß irgend jemand auf so eine hirnrissige Idee kommen konnte.

»Woher wollen Sie das wissen?« fragte sie angriffslustig zurück. »Meinen Sie wirklich, man kann sich im Palast des Herodes im Jerusalem des ersten vorchristlichen Jahrhunderts eine ausgetrocknete Zisterne leisten? Auf so was kommt nur ein Engländer wie dieser Wilde, für den Wasser kein Wert ist! Nein, der Kerl da steckt bis zum Hals im Wasser, denke ich. Er trieft geradezu...«

Damals hielten wir das noch für aberwitzige Wichtigtuerei, halb Gag, halb Schocker. Da wußten wir noch nicht, wie stur sie bei ihren sogenannten Ideen blieb.

»Tja«, sagte sie fröhlich. »Also ich geh jetzt aufs Stellwerk. Licht ist die Nummer eins. Ich brauch Sie nicht mehr, General.«

Mierenbusch verneigte sich steif.

»Und Sie schon gar nicht!« Sie lachte und meinte mich. Offenbar fand sie es komisch, so mit Leuten umzuspringen.

Das alles fiel mir ein, als ich hier auf der halbdunklen Bühne stand, zwischen dem Inspizientenpult und der Regenanlage.

◇

Ich betrat die Bühne der »Salome«.

Ich betrat diese tote, kalte, unbeleuchtete Welt aus Zargen, Stützen, Podesten, Holzverstrebungen, Leinen, Pappmaché und Kunststoff wie eine Somnambule, die über den Dachfirst wandelt.

Lothar Ludkeit, auch Lolu genannt, unser Bühnenbildner, war bekannt für seine Ideenlosigkeit. Von sich aus brachte er nichts Interessantes ein. Alles war provinzielles Mittelmaß, nett, praktisch, schon mal dagewesen. Traf er aber auf jemanden, der ihm seine Vision aufzwang, wuchs er über sich hinaus. Er wurde zum handwerklich perfekten Gehilfen einer Idee, konnte, wenn er erst auf dem fremden Boot saß, durchaus selbst navigieren, ja auch Verbesserungen einbringen und die Substanz bereichern. Deshalb war er der Schrecken aller Regisseure ohne eigene szenische Phantasie. Aber die mit starken Bildern kamen, schworen auf diesen Mann.

Nun, starke Bilder brachte Aurora Lenssen freilich ein, das war nicht zu leugnen. Ob sie paßten oder nicht, war eine andere Frage. Lolu jedenfalls hatte sie aufgegriffen und plaziert. Ich weiß nicht, woher diese Frau ihre Vorstellungen von der Burg des Herodes nahm – ich denke mir, am ehesten wohl aus Monty Pythons »Leben des Brian«. Das hier war eine Baustelle, wo ein psychotischer Tyrann angeberhaft Römisches zu verarbeiten suchte, gemischt mit einem Nomadenzelt. Alles vollgekramt mit Dingen des Alltags, als wäre es da drinnen noch nicht fertig und man hätte den Hausrat draußen abgestellt, ein Innenhof voller Tontöpfe und Körbe und Kruken. Ringsum das öde Ocker der Wüste bis an den Rundhorizont, drüber der ekelhaft schwefelgelbe Mond.

Im Vordergrund aber stand diese Zisterne, eine Oase in der Dürre, umrankt von üppiger Vegetation.

Ich trat näher.

Die tropischen Blumen und Blätter aus glanzbeschichteter Plastik waren noch immer naß. Es wurde ja gestern während der Vorstellung reichlich herumgeplanscht. Das in den Bühnenboden eingelassene Becken, wasserdicht ausgelegt, spiegelte die trüben Notlampen des Proszeniums wider.

Ich hockte mich hin und steckte meine Hand in das jetzt kalte Wasser. Es roch nach Chemie, wie alles Wasser in dieser Stadt, auch das aus der Leitung. Die Talsperre im Harz reichte nicht aus bei der Fülle der Neubaugebiete, man mußte es mischen.

Hinter der Zisterne führten die unter den Aufbauten verborgenen Schläuche nach hinten zur Brandmauer, wo Durchlauferhitzer, Mischbatterie, Thermostat und Pumpe am Hydranten angeschlossen waren. Das Wasser hatte konstant vierunddreißig Grad, damit sich weder Jochanaan noch Salome erkälteten. Die Lenssen mußte verrückt sein.

Von der rechten Seitenbühne her hörte ich Schritte. Hastig stand ich auf.

Bühnenmeister Jürgensen betrat die Szene, seinen Arbeitsplatz, aber nicht im traditionellen Overall mit dem Hammer im Gürtel, sondern in Zivil, das heißt, in Jeans und kariertem Hemd. Sein Bauch wölbte sich überm Hosenbund. Natürlich hatte er seinen kleinen verknautschten Filzhut auf.

»Was machen Sie denn hier?« fragte er, es klang mißtrauisch.

»Ich wollte nur ein paar Papiere aus meinem Büro holen«, erwiderte ich. »Da hab ich mal zur Bühne reingeschaut. Wieso steht denn die ›Salome‹ noch?«

»Meine Leute sollten nach der Premiere auch mal ausspannen. Frau Lenssen hatte drei Kästen Bier spendiert. Wir fangen erst 14 Uhr an und bauen dann gleich die Abendvorstellung auf.« Er sah auf seine Uhr. »Die Männer müssen jeden Moment kommen.«

Wir standen uns gegenüber und sahen uns an in dem fahlen Licht. Unsere Stimmen klangen merkwürdig klein und ohne Hall in dem großen leeren Raum.

»Alles in Ordnung?« fragte er.

Ich nickte.

»Also – was wollen Sie?«

Er wippte auf den Zehen, ein stämmiger, fett- und muskelbepackter Kerl, ein Kraftbündel. Seine Augen waren ausdruckslos.

Ich fühlte, wie mein Hals sich zusammenschnürte. Stets wirkte seine Nähe beklemmend auf mich.

»War das Wasser gut temperiert?« fragte ich mit halbem Auflachen.

»Das ist ja wohl nicht Ihres, Frau Doktor. Machen Sie man Ihre Programmhefte.«

Er dreht sich auf dem Absatz um, hielt die Hand über die Augen, obwohl da nichts war, was ihn blenden konnte, und brüllte zur Beleuchterloge hinter dem ersten Rang. »Bist du schon da, Jeschke-Richard?«

Eine schwache Antwort kam zurück.

»Gib Arbeitslicht! Wir fangen gleich an!«

Die Scheinwerfer des Arbeitslichts waren nicht die Welt, aber sie trafen mich trotzdem. Ich senkte den Kopf und schloß die Augen.

»Ihre Leute sind noch gar nicht da, Meister.«

»Was wollen Sie?« wiederholte er.

Die Eisentür an der Inspizientenseite klappte. Hörnlein war gekommen. Er mußte die Worte Jürgensens gehört haben.

»›Ich will den Kopf des Jochanaan!‹« krähte er in einem Falsett, das dem einer Sopranstimme sehr ähnlich klang. Dann schaltete er sein Pult ein.

»Technik zur Bühne! Es geht los! Und pumpt erst mal diesen verdammten Teich ab!«

Ich ging an Hörnlein vorbei von der Bühne. Draußen atmete ich tief durch. Jürgensen, berüchtigt als »Ladykiller« hatte einmal versucht, mich mit Gewalt zu nehmen, nachdem mein Verhältnis mit Elisabeth im Theater bekannt wurde. Er wollte der alten Lesbe zeigen, wo's langging...

4

Sie stand im Garderobengang und wartete auf mich.

Wie immer, wenn ich nicht darauf vorbereitet war, sie zu treffen, tat mein Herz ein paar harte Schläge an einer Stelle, wo es gar nicht sein konnte. Es schien in den Hals gewandert zu sein.

Sie lehnte zwischen zwei Türen, die Arme leicht abgespreizt und die Handflächen an der Wand, als wenn sie einen Halt brauchte. Ihr Haar, für die Partie der Salome schwarzgefärbt, war gescheitelt und hing offen zu beiden Seiten des ungeschminkten Gesichts. Sogar ihre Lippen waren blaß. (Und wenn ich behauptete, ich sei nicht auf sie vorbereitet gewesen, so trifft das nur auf den Moment zu, denn natürlich hatte ich erwartet, daß sie sich hier einfinden würde, sobald sie es erfahren hatte. Wir alle rannten immer sofort ins Theater, versammelten uns ungerufen am Schnittpunkt unserer Existenzen, unserer Freuden und Schmerzen, wenn sich irgend etwas ereignet hatte, so, wie sich die verlorenen Seelen im Hades um die Spende von Milch und Blut aus der Hand der Sterblichen versammeln.)

»Wo ist Amina?« fragte ich.

»Die Frau von der Polizei ist noch da.« Sie flüsterte fast. Wie immer am Vormittag nach einer großen Vorstellung schonte sie ihre Stimme. »Wann ist die nächste ›Salome‹?«

Ich zuckte die Schultern. »Ich glaube, in drei Tagen – oder sind es vier?«

»Wir müssen umbesetzen«, sagte sie. »Und ich habe dazwischen noch eine Mimi. Das ist ja Raubbau.«

Sie löste sich von der Wand und ging vor mir her, auf den sogenannten Glasgang zu, den überdachten Durchgang vom Bühnenhaus zum Verwaltungsgebäude, wo Proben- und Vorstellungspläne angebracht waren.

»Donnerstag«, stellte sie fest. »Das ist knapp. Sie müssen die ›Bohème‹ rausnehmen.«

Daß die »Salome« am Donnerstag kippen könnte, kam überhaupt nicht in Betracht für sie.

Sie stand, den Kopf im Nacken, und studierte den Aushang. Ihre Schulterblätter waren sichtbar unter dem dünnen Jersey-T-Shirt, das sie trug, ein altes, verwaschenes Ding. Sie war sehr klein und sehr dünn. Die »Salome« hatte sie nicht nur gesanglich, sondern auch physisch an den Rand ihrer Möglichkeiten getrieben.

»Belinda«, sagte ich. Meine Stimme klang belegt. Vorsichtig legte ich meine Hand auf ihre magere Schulter, immer gewärtig, daß sie mich abschütteln würde. Sie hielt still. Auch diesen Namen ließ sie heute morgen zu. Wann durfte ich sie das letzte Mal Belinda nennen – außer vor mir selbst?

Sie drehte sich zu mir herum. Ihre Augen, grau wie Rauch, in dem Kranz tiefschwarzer Wimpern, schienen durch mich hindurchzusehen.

Ich zog ihren Kopf an meine Schulter, ohne daß sie sich wehrte.

»Ich bin immer für dich da, ganz gleich, was geschieht, das weißt du, nicht wahr?« murmelte ich über ihr Haar hin, das nach Lorbeer und Honig roch.

Sie gab mir kein Zeichen. Lag nur ruhig an meiner Brust und atmete. Dann schob sie die Hände zwischen unsere Körper, stemmte die Handflächen gegen meine Brust und löste sich von mir.

»Ich möchte einen Brief schreiben«, sagte sie. »Hilfst du mir dabei?«

»Natürlich«, sagte ich, glücklich, daß sie etwas von mir forderte. »Wir gehen in mein Büro, ja?«

Sie nickte.

Ich schrieb alle Briefe für Elisabeth Tabeau, führte alle Verhandlungen mit ihrer Agentur, half ihr bei den Verträgen. Sie hätte sich inzwischen sicher eine Sekretärin leisten können, die das stundenweise erledigte. Aber warum nicht ich? In dieser Zeit war ich mit ihr zusammen.

Und sie brauchte mich für diese Arbeit wirklich. Belindas Handschrift war die eines Kindes, selbst ihre Unterschrift glich einer Schönschreibübung, sie war nicht in der Lage, sich auszudrücken, und ihre Textentwürfe wimmelten von grotesken Rechtschreibfehlern. Sie war in einem Kinderheim aufgewachsen, und entdeckt hatte man, als sie sieben Jahre alt war, nicht etwa ihr Talent zum Singen und Theaterspielen, sondern man wollte damals eine große Sportlerin aus ihr machen. Sie wurde wild trainiert, man dressierte sie auf dem Schwebebalken, am Reck, in Künstlerischer Gymnastik und Bodenturnen, und sie vertrat die DDR bei einigen Meisterschaften im Ausland, als sie noch keine vierzehn war, bis ein Sehnenriß zum Glück dieser Form der Karriere ein Ende setzte. Nur, viel Zeit für die Schule war da nicht geblieben.

Wir hatten mein Büro erreicht.

Sie nahm am Fenster im Sessel Platz und versank darin geradezu, ein Bündelchen Knochen und Sehnen, wahrhaftig wie ein Kind anzusehen – das war es, was diese Regisseurin so für Elisabeth als ihre Salome eingenommen hatte. Von Stimmen hatte die doch keine Ahnung.

Ich schaltete meinen Computer ein.

»Also«, fragte ich gespielt munter, »an wen soll's gehen? Wem willst du schreiben?«

»An Ali«, sagte sie träumerisch.

Mir stockte der Atem.

»An Ali?« fragte ich zurück.

Sie nickte, als sei das das Selbstverständlichste von der Welt.

Ali ibn Saud es-Salaam war der Thronfolger eines Emirats am Golf und angeblich der Vater Aminas. Nur daß Amina blond war wie ihre Mutter und Prinz Ali ein dunkler Wüstensohn und daß er seit Belindas Schwangerschaft vor fünf Jahren nie wieder von sich hatte hören lassen. Inzwischen bezweifelten fast alle im Haus – mich eingeschlossen – nicht nur die Vaterschaft dieses Ali zu Amina, sondern schlichtweg seine Existenz.

»Hast du denn seine Adresse?« fragte ich beklommen.

Sie fuhr in die hintere Tasche ihrer Hose und brachte einen mehrfach geknickten Luftpostumschlag zum Vorschein, mit einer abenteuerlichen Briefmarke und ihrer Anschrift (an das alte Theaterwohnheim) in Druckbuchstaben. Ich drehte den Umschlag um. Ja, da war ein Absender. In arabischer Schrift.

»Elisabeth, ich kann das nicht lesen«, sagte ich.

Sie sah mich an wie blind. Dann schloß sie die Augen und verkroch sich in den großen Sessel.

»Ich will weg«, sagte sie.

◇

»Aber du wirst doch ohnehin weggehen«, sagte ich und gab mir Mühe, ruhig zu atmen. »Nach dem Erfolg dieser ›Salome‹ – da kann es doch keinen Zweifel mehr geben. Du wirst diese Partie bekommen. Ich habe alles für dich getan. Warum soll ich nun auch noch daran arbeiten, dich in einen entfernten Teil der Welt zu bringen? So viele Verletzungen muß ich mir nicht selbst zufügen. Nein. Elisabeth, bestimmt: Alles wird gut.«

Sie schien meine angstvolle Rede nicht zu hören. Offenbar sprach ich zu einer Schlafenden. Zu einer, die weit weg war.

Aber wann war sie nicht weit weg? Die Momente waren selten.

Mein Telefon klingelte.

Es meldete sich die Intendanzsekretärin.

»Ziegler hier. Sie sind also auch schon im Haus, Frau Gerber? O Gott, der Schock. Ist es nicht entsetzlich? Ich schicke gerade den Boten. Um 16 Uhr ist Lagebesprechung im Intendanzbüro. Wissen Sie zufällig, wo Frau Tabeau ist? Sie soll schon ins Haus gekommen sein.«

»Sie ist hier«, antwortete ich.

»Sehr gut. Wir brauchen sie natürlich dabei, als Protagonistin. Würden Sie ihr bitte Bescheid sagen. Mir schwirrt der Kopf. Was für ein Unglück! Könnten Sie wohl mal kurz rumkommen? Ich verliere noch den Überblick.«

Was eine Lüge war. Veronika Ziegler verlor nie und in keiner Lebenslage den Überblick. Alles, was sie wollte, war tratschen. Ich sah zu Belinda hinüber. Sie schlief oder gab vor zu schlafen.

»Gut, bis gleich.«

Ich nahm eine Decke aus dem Seitenfach des Aktenschranks und legte sie sanft über Belindas Beine. Sie regte sich nicht. Dann verließ ich den Raum und ging die zwei Treppen hinunter zum Intendanzvorzimmer.

Helge Pistorius hatte auch hier gründlichst aufgeräumt. Das biedere Mobiliar hatte modischem Glas und Stahl weichen müssen. Die alten Theaterplakate und Szenenphotos waren von den Wänden verschwunden zugunsten einiger in kühlem Blaugrün gehaltenen Kunstwerke, über die die mit dem Anbringen der Bilder beauftragten Techniker gefrotzelt hatten: Es sei völlig belanglos, wie herum man sie betrachte, einzig die Öse am Rahmen orientiere darauf, wo oben sei. Dafür harmonierten sie exquisit mit dem blauen Teppich.

Ziegler freilich – kein Mensch nannte sie mit Vornamen – hatte sich dem veränderten Interieur sofort und vollständig angepaßt. Sie trug Wollkleider oder Schneiderkostüme in Aubergine und Malve und dazu passendes Schuhwerk. Es hieß, sie würde nach Berlin fahren, um sich bei einer Modefirma einzukleiden.

Von keiner Zeitenwende beeinflußt war allerdings ihre Frisur, ein Pagenkopf; untadelig glatter Helm schwarzgefärbter Haare mit Pony, der ihr durchs Lifting maskenhaft starres Gesicht umrahmte.

Ziegler gehörte eben zum Inventar und unterstrich das mit ihrer Garderobe. Da sie über dreißig Jahre am Haus war, erst als Tänzerin, dann, nach einer Umschulung, als Sekretärin, war sie unkündbar. Und ich glaube, H.P. war ganz froh, daß es sie gab. Sie kannte die Nahtstellen – um es einmal so auszudrücken – und arbeitete sehr präzise. Schließlich hatte sie sich ihre Sporen beim legendären Theaterpapst Steinrück verdient, den ich wenige Jahre vor seinem Tod hier noch kennengelernt hatte. Auf sein Konto kam sowohl mein Engagement als auch das einer blutjungen Anfängerin namens Elisabeth Tabeau. »Edelholz, aus dem die Meister schnitzen«, nannte er sie damals in seiner blumig-autokratischen Diktion.

Ziegler telefonierte gerade, als ich das Vorzimmer betrat, und sie drückte sogleich den Knopf auf Konferenzschaltung, so daß ich mithören konnte – eine jener unausgesprochenen Vertraulichkeiten, die zu unserem Verhältnis gehörten. Aus dem Lautsprecher tönte die Stimme des Intendanten.

»Es dürfte ja nicht so schwierig sein, für diesen einen Auftritt jemanden zu finden«, hörte ich, und Ziegler antwortete: »Frau Wildmüller kommt selbstverständlich mit der Kartei.«

»So was sollte auch längst über PC möglich sein«, schallte es aus der Box. »Nun gut. Haben Sie alle erreicht?«

Ziegler zählte auf: »Der GMD hat den Boten geschickt bekommen. Er geht nach Premieren grundsätzlich nicht ans Telefon. Dann Frau Wildmüller. Herr Marianowski, der Regieassistent. Frau Tabeau ist schon im Hause. Frau Gerber auch.«

»Wozu brauche ich die Gerber?«

Ziegler sah mich starr an. »Ich denke, Herr Intendant, Sie brauchen Sie wegen Frau Tabeau.«

Einen Moment Schweigen. Dann: »Also gut. Bis 16 Uhr.« Und ein Klicken in der Leitung.

Zieglers kajalumrandete Augen sprachen Bände. So ist das. So geht's zu mit den neuen Herrschaften.

Ich ließ mich in einen der unbequemen Sessel fallen und legte die Hände an die Schläfen. Auf einmal drehte sich alles um mich.

»Ist Ihnen nicht gut, Frau Gerber?« fragte die Sekretärin. Es klang eher angeregt als besorgt.

»Hat mich etwas mitgenommen«, murmelte ich.

»Ein Alka Seltzer?« fragte sie.

Das war eine von den feinen Zieglerschen Spitzen. Sie schob meinen Zustand nicht auf den Mord, sondern auf den Suff von gestern. Zwischen diesen Polen – Mithörenlassen der Gespräche und Verteilen von Sottisen – pendelte unser langjähriges Verhältnis.

Ich kapitulierte. Ich hatte keine Lust auf Erklärungen.

»Ja, gut«, sagte ich.

Während sie die Tablette ins Glas tat und mit stillem Mineralwasser auffüllte, gab ich preis, was sie wissen wollte.

»Die Polizei war bei mir in der Wohnung und hat mich vernommen.«

»Ach ja?« bemerkte sie, und ihre Augen glitzerten vor Begeisterung. »Der arme Freddy! Na ja, Sie waren als letzte mit ihm zusammen.«

Ich schluckte an dem Zeug. »Bloß, daß ich nichts mehr weiß.«

Ziegler kicherte vor Entzücken. »Das hatten wir alle mitgekriegt. Sie und Fred waren völlig weggetreten, wenn ich das mal so sagen darf. Und Ihre Auseinandersetzung vorher war nicht von schlechten Eltern.«

»Wir haben uns gestritten?« fragte ich stirnrunzelnd.

»Nicht einmal mehr das wissen Sie?«

»Aber worüber...« Ich verstummte, und Ziegler hantierte angelegentlich auf ihrem Schreibtisch.

Natürlich gab es gar keine Frage, worüber ich mich mit Freddy gestritten hatte. Ziegler sprach es auf ihre süffisante Art indirekt an.

»Ist Frau Tabeau noch in Ihrem Zimmer?«

»Ja«, erwiderte ich knapp. »Sie wollte ein bißchen schlafen.«

»Wunderbar«, sagte sie munter. »Das hat sie sich auch verdient. Nach dieser anstrengenden Arbeit und diesem verdienten großen Erfolg.«

Ziegler und Belinda konnten sich gegenseitig nicht ausstehen. Ihre Aversion war so alt wie Belindas Engagement am Haus. Für den Geschmack der Sekretärin war die Sängerin zu respektlos gegen verdiente Mitglieder des Theaters. Belinda wiederum bezeichnete die Ziegler nicht nur mir gegenüber als wichtigtuerische Zuträgerin. – Wir hatten also gestritten, Alfred Kordes und ich.

Ich fühlte, daß meine Fingerspitzen taub wurden, ein Zeichen dafür, daß mein Kreislauf auf dem Nullpunkt war. Ich stand auf. Keine Lust, vor den Augen der Ziegler zusammenzurutschen.

»Vielleicht sollte ich noch ein bißchen an die frische Luft, bevor hier Kriegsrat abgehalten wird«, sagte ich matt.

Sie warf einen Blick aus dem Fenster. »Nicht gerade einladend«, bemerkte sie. »Aber wenn Sie meinen. Nun ja, nach dieser Nacht und dem Schreck heute morgen!«

Es war ihr anzusehen, wie gern sie noch ein bißchen in den Ereignissen herumgestochert hätte.

»Bis gleich, und danke für das Mittelchen.«

»Ich bin Ihnen stets gern behilflich, Frau Gerber. Man kennt sich ja.«

Wieder so eine leicht hinterhältige Anmerkung.

Beim Treppensteigen bäumten sich mir die Stufen entgegen. Ich hielt mich krampfhaft am Geländer fest. Freddys totes Gesicht mit den zerfransten Barthaaren schwamm auf mich zu. »Ich will den Kopf des Jochanaan.«

Die Eisentüren zum Bühnenraum waren offen, mit Keilen gesichert. Jürgensens Leute konnten schnell sein, wenn es sein mußte, das heißt, wenn es darum ging, an den nächsten Feierabend oder den nächsten Kasten Bier oder beides zu gelangen.

Die »Salome« war schon abgebaut. Gerade schwebten die spitzenbesetzten Seitenverkleidungen des »Barbier« aus dem Schnürboden herunter.

»Langsam, langsam – und ab!« kommandierte der stämmige Bühnenmeister, jetzt im Arbeitsdreß, von der Mitte der Szene her.

Hörnlein sah mich vom Pult aus und winkte mir zu. Der große Stimmenimitator war ausgesprochen guter Laune.

»›Man töte dieses Weib!‹« ahmte er perfekt Herodes alias Tartini nach und warf mir eine Kußhand zu.

Die Luft tat mir nicht gut. Sie legte sich wie ein nasses Tuch über mein Gesicht. Als die großen Chemiewerke rings um die Stadt herum noch in Betrieb waren, mußte man zu dieser Jahreszeit meist mit einem Schal als Mundschutz herumlaufen, und trotzdem stach es in der Nase wie tausend Nadeln. Jetzt war es nur der faulige Geruch dieses Hochwasserflusses, aber ich hatte das Gefühl, als ob sich in meinen Lungen ein Film bildete, der mir das Atmen erschwerte.

Trotz des trüben Wetters hatten sich einige Spaziergänger aufgemacht. Mittagszeit war vorüber. Ich überquerte den Universitätsplatz. Die Treppen vom Ärchäologischen Institut waren wegen Baufälligkeit gesperrt. Auch die Gasse direkt zum Marktplatz war vollständig unbegehbar. Dort stand alles auf Abriß. An einigen Stellen ragten bereits die riesigen orangegelben Galgen der Baukräne gegen den trüben Himmel: Sanierung war hier gleichbedeutend mit Neubau. Diese Häuser waren Jahrhunderte alt und durch Jahrzehnte verfallen.

So mußte ich einen Umweg nehmen.

Moritz Benin, der Narraboth unserer Aufführung, wohnte mit seinem Freund, dem Ballettänzer Petko Stancovic, im fünften Stock eines Hinterhauses, dessen Fassade noch von den Granateinschlägen des Weltkrieges gezeichnet war. Das Vorderhaus war bereits unbewohnt. In der Toreinfahrt häuften sich Plastiktüten mit Abfällen. Offenbar hatte die Müllabfuhr diese Gegend abgeschrieben.

Moritz öffnete barfuß, in Jeans, mit nacktem Oberkörper.

»Mein Gott, Sophie!« murmelte er und zog mich in seine Arme, während er die Tür hinter mir schloß. »Wie furchtbar ist das alles. Komm, Petko macht gerade Tee.«

Moritz hatte die Dachwohnung samt Einrichtung von seinem verstorbenen Freund und Mentor übernommen. Sie war vollgestopft mit Antiquitäten, über deren Herkunft abenteuerliche Gerüchte kursierten. Weitkus, der ehemalige Chefausstatter des Theaters, sollte gleich nach 1945 als blutjunger Restaurator in einigen Burgen und Schlössern des Kreises kräftig zugelangt haben, da die neue Macht wenig Sinn für »feudalistische Überbleibsel« entwickelte.

Wie dem auch sei: Hier oben war es schön. Man trat aus dem verkommenen Treppenhaus in eine völlig andere Welt. Hinter dieser Tür roch es nach Räucherstäbchen, Kerzenwachs und Hasch, hier gab es Tees, die in kultischer Andacht gebrüht wurden, und sommers konnte man auf Moritz' paradiesischen Dachgarten hinausgehen und hinter Kaskaden von Oleander, Efeu, Feuerbohnen und Sonnenblumen vergessen, in welch einer trostlosen Stadt man sich befand.

Petko, glatzköpfig, schimmernd vor Piercings an Ohr, Nase und Braue, im seidenen Hausmantel, winkte mir zu. Er war am Samowar beschäftigt.

»Ich hab gar keine Zeit für einen Tee«, sagte ich seufzend. »Um 16 Uhr ist Leitungssitzung in Sachen ›Salome‹.«

»Muß denn alles immer so schnell gehen?« rief Moritz klagend. »Keine Achtung vor so einem... so einem Geschehnis, keine Zeit zur Trauer...« Er breitete die Arme.

»The show must go on«, entgegnete ich müde. »Moritz, wir reden ein andermal. Ich wollte dich was fragen.«

Benin wies einladend auf einen mit gestreiftem Chintz bezogenen Empiresessel, auf dem freilich schon ein porzellanköpfiges Püppchen im Tutu saß. Ich nahm vorsichtig am Rand Platz.

»Du warst doch gestern nach der Premiere auch bei mir«, sagte ich, und er nickte.

»Ich habe ab einem bestimmten Punkt einfach keine Erinnerung mehr. Fred hat ja bei mir übernachtet – vielmehr, er wollte es tun«, verbesserte ich mich. »Nun hat die Ziegler so Andeutungen gemacht ... ich hätte mich mit Freddy furchtbar gestritten. Ich habe keine Ahnung ... Kannst du mir irgendwie helfen?«

Moritz kauerte sich vor mir hin und nahm meine Hände in die seinen.

»Ach, Sophie, Liebe«, sagte er zärtlich. »Worüber streitet man schon in einer Beziehung wie der euren? Dreiecksgeschichten sind nun mal das Schwierigste auf der ganzen Welt. Jeder weiß doch, wen du wirklich liebst.«

Ich fühlte die Tränen aufsteigen und preßte die Lippen aufeinander.

»Die Polizei war schon bei mir«, sagte ich und schluckte. »Schließlich bin ich die letzte Person, die mit Fred Kontakt hatte. Ich kann mich nur auf meinen Totalausfall berufen ...«

»Laß mich mal nachdenken«, unterbrach er mich. »Die meisten waren schon gegangen, als es so zwischen euch krachte. Ich glaube, nur Eva und Hein Backhaus waren noch da. Ja, und die Ziegler. – Ziegler kommt zuerst und geht zuletzt und bleibt stets nüchtern, das wissen wir ja.« Er lachte.

»Was war mit den Backhausens?«

»Du, ich glaube, die waren auch ziemlich abgefüllt. Und außerdem ganz mit sich beschäftigt. Du weißt doch: zweiter Frühling. Soweit ich mich erinnere, hingen sie in der Küche rum und knutschten.«

»So daß eigentlich nur Ziegler und du etwas von dem Streit wissen«, bemerkte ich nachdenklich.

In seinen Augen stand Besorgtheit. »Wie gut stehst du mit Ziegler?« fragte er.

»Um Gottes willen, Moritz, was habe ich denn gesagt?«

Er senkte die Lider. »Also weißt du, Sophie, wenn ich es recht bedenke – ich war ebenfalls so angetrunken, daß ich mich an nichts mehr erinnere. Wirklich. Da hast du nur noch einen Zeugen.«

»Moritz, bitte.« (Moritz Benin trank äußerst mäßig.)

»Ich sag dir doch, ich hab gar nichts mitgekriegt.«

»Habe ich Freddy bedroht?«

Er stand auf und wendete sich ab.

»Und nicht zu knapp«, sagte er leise. »Vergessen wir's. Sieh zu, daß du mit Ziegler klarkommst. Das alles muß ja gar nichts bedeuten, Sophie. Ich fände es nur saublöd, wenn du Schwierigkeiten bekommen würdest.«

Petko trug das Teegeschirr auf einem Lacktablett herein. »Lapsang Souchong«, sagte er lockend.

Ich sah auf meine Uhr. »Leider nein. Ich muß los. Die Sitzung beginnt in zehn Minuten.«

»Was, so spät schon? Du liebe Zeit. Und wir wollen gerade frühstücken!« Moritz hob die Augen gen Himmel. »Lotterwirtschaft! Aber Petko hatte nachts wieder Schicht, du verstehst ...«

Petko kicherte verschämt. Nicht nur ich, sondern das halbe Theater wußte, daß er seine Tänzergage in einer Schwulenbar der benachbarten Messestadt als Stripper aufbesserte.

Moritz küßte mich zum Abschied.

»Sei schön vorsichtig«, ermahnte er mich. Ich wußte nicht so recht, worauf sich das bezog.

5

Ich machte einen Umweg über mein Büro, bevor ich zur Sitzung ging, aber Belinda war schon weg. Die karierte Decke, die ich über sie gebreitet hatte, lag zerknüllt auf der Erde. Ich hob sie auf, faltete sie und tat sie in das Fach zurück. Dann ging ich zum Intendanzbüro.

»Es sind schon alle da«, sagte Ziegler, die den Servierwagen belud. »Kaffee oder Tee für Sie, Frau Gerber?«

»Weder noch«, erklärte ich, und sie lächelte wissend. Dann stakte sie mit ihrem Tänzerinnenschritt, die Fußspitzen nach außen, die Knie durchgedrückt, vor mir durch die Tür ins »Allerheiligste« und schob den Wagen vor sich her.

Auf meiner Uhr fehlten noch drei Minuten bis vier.

Ich komme höchst ungern als letzte, aber zum Glück lenkte das Fliegende Büfett der Chefsekretärin die Aufmerksamkeit von mir ab.

Das legendäre Büro des großen Steinrück, das Belinda und ich noch gekannt hatten, war winzig klein gewesen, stets eiskalt und feuerrot tapeziert. Nicht nur deswegen hatte es in Kollegenkreisen das »gnadenlose Blutgerüst« geheißen. Steinrücks dümmlicher Nachfolger, der Vorgänger von Pistorius, hatte sich verpflichtet gefühlt, den Raum zu vergrößern, und ihn mit einer lieblichen Blümchentapete verschandelt. H.P. hingegen sah sich nun wieder ganz in der Tradition des großen Meisters. Das heißt, er hatte zwar die Größe des Raums belassen, aber das Rot wiederhergestellt. Natürlich stimmte nun überhaupt nichts mehr. Folglich hieß die purpurfarben ausgeschlagene Prunkstube nun »das Gruselkabinett des Dr. H.P.« oder »die Rache des Kapitalismus«.

Während Ziegler Kaffee- und Teetassen verteilte, suchten meine Augen Belinda.

Sie saß neben Marianowski, dem froschgesichtigen Regieassistenten, der unter seinem lockigen Haarschopf zerstreut in die Welt sah und von eigenen großen Inszenierungen träumte. Über den Stuhl zu ihrer Linken hatte sie ihren Schal geworfen und zog ihn, ohne mich anzusehen, jetzt zu sich herüber – ein Zeichen, daß sie diesen Platz für mich freigehalten hatte.

Ich huschte zu ihr und versuchte, unter dem Tisch ihre Hand zu ergreifen, aber sie entzog sich mir.

Mierenbusch, mir gegenüber, grüßte mit Kopfnicken. Er blätterte in der Partitur. Neben ihm saß die Leiterin des Künstlerischen Betriebsbüros, Astrid Wildmüller, Koordinatorin des gesamten Proben- und Spielbetriebs des Hauses, eine noch immer schöne Rotblonde mit milchweißer Haut und aurikelbraunen Augen – wie Ziegler eine altgediente Kraft und eine Meisterin ihres Fachs.

Die Getränke waren ausgeschenkt, der Protokollrekorder lag bereit. Ziegler hatte für alle Fälle den Notizblock in der Hand. H.P. räusperte sich, ruckte am Krawattenknoten.

»Liebe Freunde und Mitarbeiter«, begann er und erhob sich, »bevor wir zur Sache kommen, bitte ich Sie, aus bekanntem Anlaß ...«

Stühle schurrten über den Boden. Wir alle standen auf.

»Ein unersetzlicher Verlust ...«, murmelte der Intendant. Die Wildmüller drückte sich ein Taschentuch an die Lippen.

Dies sind Momente, in denen ich mit einem unwiderstehlichen Lachreiz kämpfen muß, ganz gleich, ob man den Schah von Persien oder meinen geliebten Bruder betrauert. Solch Kollektivgebaren ist für mich von einer überwältigenden Komik – so wie ein gemeinsames Tischgebet. (Ich komme aus einem Pfarrhaus.) Schon als Kind spielte ich das Spiel: Alles senkt die Augen, und ich schiele hoch, um vielleicht einem anderen unbotmäßigen Augenpaar zu begegnen. Austausch unter Komplizen. So auch jetzt.

Alle hielten die Spielregeln ein – bis auf Belinda. Aber sie beobachtete nicht die Runde. Sie sah nur mich an. Die Komplizinnen senkten den Blick ineinander.

◇

Ich folgte der Verhandlung zerstreut.

Astrid Wildmüllers Kartei gab drei oder vier respektable Namen her, die als Joachanaan in Frage kamen, es ging um Gagenlimits, Vorstellungsgarantien, Prioritätslisten für die Anfrage.

»Der Jochanaan«, ließ sich der GMD vernehmen, »ist an und für sich keine Affäre. Es ist ja nur ein Auftritt. Der Rest passiert im Off. Wir haben sozusagen Glück im Unglück.«

Die Wildmüller kicherte nervös, was ihr einen mißbilligenden Blick von Mierenbusch eintrug. Er hatte keinen Funken Humor, von welcher Sorte auch immer.

»Die Frage ist«, fuhr er fort, »ob Frau Tabeau bereit und willens ist, in dieser Kürze der Zeit, den Probenprozeß ...«, er brach ab.

Wer ihn, wie ich, lange genug kannte, wußte, daß dies seine Art war. Da kam nichts mehr.

Pistorius, der die Eigenarten seiner Mitarbeiter nicht oder desinteressiert zur Kenntnis nahm, wartete irritiert auf den Schluß des Satzes. Eine peinliche Pause entstand.

Schließlich wendete er sich an Belinda. »Ja, bitte, Frau Tabeau.«

Belinda nickte. »Da sind zwei Sachen. Erstens: Die ›Bohème‹ muß weg.«

»Die ›Bohème‹, hm.« H.P. zog wieder am Schlips.

Astrid Wildmüller hatte schon die richtige Karteikarte zur Hand. »Repertoire-Vorstellung, die zwölfte, kein Anrecht, bisher sechsundfünfzig Karten verkauft.« Sie zog die Brauen hoch. »Das wäre nur wieder so ein Minusgeschäft mit Studenten- und Rentnerermäßigungen«, sagte sie herablassend. »Dagegen die zweite ›Salome‹: noch mal viel Presse. Van Puttlitz aus Österreich. Und die Margraf schreibt für den ›Freitag‹.«

Der Intendant entschied mit herrischer Handbewegung.

»Keine Frage. Die ›Bohème‹ ist draußen. – Und zweitens, Frau Tabeau?«

»Ja«, sagte sie langsam. »Sie muß selber kommen und noch mal probieren. Ich meine: Frau Lenssen. Ich will noch ein paar Sachen mit ihr ausarbeiten.«

Sie hielt die Lider gesenkt. Ihr Gesicht sah aus wie die der Mädchen auf den Bildern Botticellis.

Ich fühlte meine Fingerspitzen taub werden.

Marianowski, der Assistent, erhob die Stimme. Sie klang schrill.

»Das ist doch rausgeschmissenes Geld. Ich stehe bestens im Stoff und kann die Proben sehr wohl leiten. Die Forderung von Frau Tabeau ist völlig unsinnig!« Sein Gesicht überzog sich mit roten Flecken.

»Das sehe ich allerdings auch so«, sagte Astrid Wildmüller herausfordernd und blickte sich im Kreis nach Verbündeten um, und Mierenbusch nickte gemessen.

Ich wußte, daß Belinda nichts begründen würde. Sie tat das nie und stieß die Leute vor den Kopf, gleichgültig, ob sie nun Marianowski oder Gerber hießen. Sie sagte lediglich: »Ich bestehe darauf. Sonst mache ich es nicht.«

Ihre blassen Lippen schlossen sich fest. Aus und vorbei, nichts ging mehr. Das hatte selbst Pistorius in seiner kurzen Amtszeit schon bemerkt.

Er seufzte. »Frau Ziegler, würden Sie im ›Roten Roß‹ anrufen? Aurora Lenssen müßte vielleicht noch da sein. Wenn ja, lassen Sie sie bitte an den Apparat holen. Vielleicht hat sie noch die paar Tage Zeit. Aber ich will sie unbedingt selber sprechen.«

»Nein, ich«, sagte Belinda.

6

Sie hatte mich immer nur verraten. Erst erhoben und dann verraten, solange ich sie kannte.

Als ich sie das erste Mal sah, sang sie vor, für ein Engagement als Anfängerin.

Damals hatte ich gerade das Libretto für eine Oper geschrieben, die hier aufgeführt werden sollte. Es war das erste und letzte Mal, daß ich mich auf so etwas einließ. Es war ein Sappho-Stoff, die Titelheldin hieß Belinda, und ich wußte sofort, als ich Elisabeth sah, daß nur sie das sein konnte: ein blasses Mädchen mit Augenlidern so durchscheinend wie Porzellan. Das schwere glatte Haar schien den Kopf nach hinten zu ziehen, ihrer Kehle entströmte Wohllaut.

Die Doppelverzauberung von Schönheit und Gesang, das war fast schon ein Schrecknis.

Anfangs war ich zu schüchtern, sie auch nur anzusprechen, und errötete, wenn ich sie sah. Ich kannte mich nicht aus in der Liebe mit einer Frau. Sie sehr wohl. In den Heimen, in denen sie aufwuchs, bevor man sie entdeckte, gab es nichts, was es nicht gab.

Bei irgendeinem Talentewettbewerb hatte sie vorgesungen, als ihre kaputte Sehne ihr den Sport vermiest hatte. Natürlich wollte sie Popstar werden.

Es ging dann sehr schnell. Volksmusikschule, Kreisausscheid, Bezirksausscheid, Republikswettbewerb. Elisabeth Tabeau trainierte ihre Stimme mit der gleichen Verbissenheit, mit der sie sich beim Sport geschunden hatte. Zum Glück hatte sie gute Lehrer.

Beim letzten Wettbewerb saß dann schon die große Sängerin Hinz-Henke in der Jury, die sich verpflichtet fühlte, etwas für den Nachwuchs dieses Staates tun. Schließlich hatte sie ein schlechtes Gewisssen. Sie war parteilose Volkskammerabgeordnete und hatte noch nie an einer Sitzung teilgenommen, nur die Diäten kassiert.

Sie verschaffte Belinda den Studienplatz in Berlin. Da konnte sie noch nicht ahnen, daß dies dünne Mädchen ihr in vier Jahren an »ihrem« Theater die Partie in der Uraufführung vor der Nase wegschnappen würde. Denn Steinrück, der alte Magier, teilte meine Begeisterung für das blutjunge Ding, dessen Stimme an Frische und Kraft nicht zu überbieten war, die gleichzeitig das Zeug für Sopran- und Mezzorollen hatte. Er und ich, wir waren Verbündete in dieser Sache – gegen Mierenbusch, gegen das Ensemble.

Ich allein hätte gewiß nichts bewirkt. Er tat, was immer ihm gefiel.

Daß auch Steinrück in dieser blassen Person mehr sah als die große Begabung, wurde spätestens an dem Tage klar, als mir Belinda – kurz vor der Premiere – in all ihrer schamlosen Unschuld sein Geschenk präsentierte: eine Korallenkette samt einem Goethe-Epigramm, das sie als Philomele, die vom Liebesgott erzogenen Sängerin, pries.

Sie hielt es für legitim, sich eine Partie zu erschlafen. Es mußte ja nur erreicht werden, daß ihr Name auf der Besetzungsliste erschien. Erfolg oder Reinfall war das Ureigene, da half dann kein noch so breites Bett. »Begabung ist das eine«, sagte sie einmal zu mir, in den wenigen Momenten, in denen sie bereit war, wirklich zu reden. »Und dazu braucht man noch Glück und Protektion. Nur die drei zusammen.« (Sie sagte »alles dreies« in ihrer oft merkwürdig kindlichen Sprache.) »Mir wird schon nichts geschenkt.«

Nein. Ihr wurde nichts geschenkt.

Das musikalische Probenzimmer lag neben meinem Dramaturgenraum. Zu Zeiten, wo sie annahm, es sei niemand im Haus, zum Beispiel am Nachmittag, kam sie, um zu üben. Ich verhielt mich mäuschenstill. Sie hat nie erfahren, daß ich nebenan saß und zuhörte, wie qualvoll es war, daß Elisabeth zu Belinda wurde. Immer wieder die gleiche Passage, zwanzigmal, dreißigmal, wie ein Käfer, der an einem Glas hochklettert und kurz vor dem Rand wieder zurückfällt. Sie gab nicht auf. Nie. Irgendwann kam der Schmetterling aus der Puppe hervor. Aber dafür hatte sie gearbeitet bis zur völligen Erschöpfung. Sie war ein Monster. Eine Singmaschine. Gnadenlos gegen sich. Und erst recht gegen andere.

Als Steinrück sie engagierte, sagte sie zu ihm: »Ich kann alle Rollen singen!«, und der Meister lächelte milde und sah sich das dünne Wesen an, das da entschlossen und aufgeregt vor ihm stand. Aber in gewisser Weise hatte sie recht. Niemand vermutete, daß dieser Kinderkörper eine solche Stimme barg – die Leichtigkeit der Koloraturen und die Durchschlagskraft im Forte, die offene Höhe und die Basis, die es ihr möglich machten, Mezzosopran-Partien zu singen. Ein Phänomen.

Sie schlief das erste Mal mit mir nach der Uraufführung jener Oper, zu der ich den Text geschrieben hatte. Um sich zu bedanken, sagte sie, weil ich ihr geholfen hatte, die Rolle zu bekommen. Wie ich erfuhr, war sie außer mit Steinrück auch mit dem Komponisten ins Bett gegangen, einem Menschen, der außer zur Premiere nur im Trainingsanzug herumlief, Rotwein trank, als Genie galt und in den Westen abhaute, wo er sang- und klanglos unterging.

Alle Betten, durch die sie auf dem Weg zu dieser Rolle gewandert war, zählte sie mir in dieser ersten Nacht auf, lachend, übermütig, berauscht von ihrem Erfolg.

Da wußte ich, was ich zu erwarten hatte. Sie lebte. Ich litt.

Ein Spiel, das ich nie gemocht hatte. Zum Glück brauchte sie mich.

Sie brauchte mich damals wie jetzt, und nun erst recht.

◇

Nach dem Telefongespräch, zu dem Ziegler sie eilfertig ins Vorzimmer gerufen hatte, ging sie zu ihrem Platz, raffte den Schal von der Lehne und sagte: »Komm bitte mit, Sophie.«

Das war es einmal wieder. Elisabeth Tabeau verließ die Sitzung, das hieß, sie löste sie auf, denn schließlich war man ihretwegen hier.

Unsere Fragen überschnitten sich. Nach einer kleinen Pause der Verblüffung redeten wir alle zugleich.

H.P.: »Also darf ich mal erfahren ...«

Wildmüller: »Kann ich die Vorstellung nun ansetzen?«

Marianowski: »Wer probt denn nun wann? Und wen holen wir als Gast?«

Ich: »Wo wollen wir denn hin?«

Einzig der GMD sagte nichts. Er klappte nur seine Partitur zu. Und sein Notizbuch auch. Ziegler stand an der Tür mit glitzernden Augen. Das war ein Tohowabohu ganz nach ihrem Geschmack.

Belinda antwortete mit einem Satz: »Ich gehe jetzt zu ihr ins Hotel.«

Während ich aufstand, um ihr zu folgen, hörte ich noch die Wildmüller gelassen kommentieren: »Also scheint die Sache perfekt zu sein«, und dann das gequälte Auflachen des Intendanten und sein Kommentar: »Primadonna.«

Belinda lief die Treppen so schnell, als trainierte sie noch immer für die DDR-Meisterschaften am Schwebebalken. Ich nahm mir Zeit. Ohne ihren Pelz, ihre Mütze, ihr großes Umschlagtuch würde sie bei diesem Wetter nicht aus dem Haus gehen. Sie würde es nicht auf eine Erkältung ankommen lassen.

Beim Pförtner wartete ich auf sie. Er studierte gerade die Ansichtskarten fremder Leute, ohne sich im geringsten an meiner Anwesenheit zu stören. Gestern hatte die Kollegin Dienst gehabt, so hatte er die Sonnabendpost noch nicht durchschnüffeln können. Ich war für ihn uninteressant. Und auf wen ich immer wartete, wußte er ja auch.

Vor vier oder fünf Jahren war das noch anders gewesen. Belinda und ich trafen uns manchmal in den Probenpausen draußen vorm Bühneneingang, wenn wir für uns sein wollten. Unsere Streitereien und Versöhnungen hatte er damals so spannend gefunden, daß er auf einen Stuhl gestiegen war, um uns durch das Oberlicht zu beobachten.

Aber alle Sensationen, sogar das erste lesbische Liebespaar am spießigsten Opernhaus der Welt, werden einmal zum Alltag.

Sie hatte sich eingehüllt, daß sie wie ein Pelztier aussah. Die Kappe bis zu den Augen, die Nase im Schal.

Schweigend gingen wir nebeneinander her, das Stückchen Grünanlage hinunter, vorbei an dem Springbrunnen, der zu dieser Jahreszeit stillgelegt war, ließen links die Post liegen und den Platz, den damals ein überdimensionales Denkmal in Form einer roten Fahne aus Beton verunstaltet hatte, liefen den alten Stadtwall entlang, sahen uns nicht an.

Warum in aller Welt sagte sie nichts? Als wir an dem Stadttor ankamen, von wo aus es nur noch ein paar Schritte zum Hotel waren, blieb ich stehen und fragte: »Was soll das, Elisabeth? Warum muß ich dich begleiten? Diese Frau und ich, wir mögen uns nicht, und das weißt du. Geh allein. Ich fahre zu deinem Appartement und kümmere mich um Amina, das ist bestimmt sinnvoller.«

Sie schüttelte den Kopf.

»Du mußt bei mir sein. Wegen Freddy.«

»Was hat das jetzt mit Freddy zu tun?«

»Es geht doch um Freddy.« Ihre Stimme klang als gedämpftes Raunen durch das Tuch.

»Um Freddy? Es geht um ganz gewöhnliche Umbesetzungsproben, um Jochanaan in der Zisterne, um nichts weiter!«

»Aber Jochanaan in der Zisterne – das ist doch Freddy.«

Es war schon immer so gewesen, daß sie etwas nur andeutete. Worte, die der Schleier einer Sache waren. Ich begann zu begreifen, daß die Anwesenheit der Lenssen auf diesen Proben von ihr nicht nur aus künstlerischen Gründen gefordert wurde.

Ich spürte wieder meinen Kopf.

◇

Die dicke Lenssen wartete in der Hotelhalle. Beim Anblick des Whiskyglases, das vor ihr auf dem Tisch stand, hob sich mir der Magen.

»Ich war gerade fertig mit Packen, als der Anruf kam«, erklärte sie. »Natürlich bleibe ich. Merkwürdig, irgendwie scheine ich Leichen anzuziehen.«

Sie half Belinda, sich aus den Hüllen zu schälen, und warf den Pelz aufs Sofa, so daß nur noch ein Platz frei blieb.

»Komm, Lieschen«, sagte sie und klopfte aufmunternd auf den Sitz neben sich. »Für dich. – Und was wollen Sie hier?«

Ihre hellen Augen sahen mich herausfordernd und ohne zu blinzeln an.

»Ich bin nicht freiwillig hier«, erwiderte ich. »Frau Tabeau hat mich gebeten mitzukommen.«

Die Lenssen sah von der einen zur anderen.

»Hm. Na dann.« Mit dem Kinn zeigte sie auf den Hocker jenseits des Tisches. »Auch 'n Whisky?«

Wir schüttelten synchron den Kopf.

»Wie ihr meint. Also ich muß den Schreck erst mal runterspülen. Was darf's denn sein?«

»Ein Wasser. Ohne Eis und nicht aus dem Kühlschrank«, sagte Belinda.

»Nichts«, sagte ich.

»He, Sie!« rief die Lenssen durch den Raum, wo der Barkeeper hinterm Tresen der Hallenbar die Stunde zwischen Hund und Wolf verdämmerte, »noch mal das gleiche für mich und ein Wasser ohne Eis bei Zimmertemperatur und einmal nichts.«

Man sah zu uns herüber. Auffallen gehörte zu ihrem Ambiente, so wie der Whisky, den sie gleich nach Probenschluß aus einer lederbezogenen Taschenflasche in sich hineinschüttete.

»Also, Kleine«, wandte sie sich an Belinda und griff ihre Hände. »Wir machen das. Keine Frage. Allerdings bitte ich mir Mitsprache aus bei der Wahl des neuen Jochanaan. Nicht, daß sie uns irgend so einen hochbezahlten Veteranen mit drei Schwimmringen um die Hüften aussuchen, dessen Verdienst darin besteht, sich seit dreißig Jahren Kammersänger nennen zu dürfen. Bißchen was Nettes muß es sein. Und dann probieren wir auch gleich die Szene mit Herodes noch mal. Das willst du doch, nicht wahr?«

Belinda nickte. Dann sagte sie mit ihrer Flüsterstimme: »Da ist noch was. Die Polizei. Ich kann ja Presse gut gebrauchen. Aber eine bestimmte Sorte gar nicht. Jetzt noch weniger.«

Sie entzog der Lenssen ihre Hände, nahm das Glas, das inzwischen gebracht worden war, und nippte am Wasser.

»Zu kalt«, hauchte sie und griff sich an den Hals, und die Dicke brüllte durch den Raum: »He, Sie, da war von Zimmertemperatur die Rede, ja? Wollen Sie Frau Tabeau umbringen?« Damit auch der letzte in dieser Hotelhalle wußte, mit wem sie hier am Tisch saß.

»Polizei?« fragte sie dann und runzelte die Stirn. »Was wollen die von dir? Was hast du mit der Polizei zu tun?«

Sie sah Belinda scharf an. Ihre hellen Augen, die erstaunlich selten blinzelten, fixierten die Sängerin, als nehme sie zu einer Kameraeinstellung Maß.

»Laß das Gesöff«, sagte sie, »und erzähl einfach, was los ist.«

Belinda senkte die Lider. »Gar nichts. Freddy wurde umgebracht. Sie ermitteln.«

»Wenn ich diese penetrante Sekretärin richtig verstanden habe, warst du doch gar nicht mehr mit ihm zusammen. Er war Gast auf der Feier dieser Dame da.« Die Lenssen machte eine Kopfbewegung in meine Richtung. »Nach dem ersten Gespräch hab ich nämlich noch mal im Intendanzbüro angerufen, um Näheres zu erfragen.«

»Ja, eben«, erwiderte Elisabeth vage.

»Ein bißchen deutlicher könntest du schon werden«, insistierte die Regisseurin. »Ich kann mir zwar dies und das zusammenreimen, aber mich hat das ganze Kuddelmuddel an diesem Opernhaus nie so recht interessiert. Eine Dreiecksgeschichte, ja?«

»Eine Dreiecksgeschichte, richtig, Frau Lenssen«, mischte ich mich ein. »Eine ganz heikle Dreiecksgeschichte. Frau Tabeau und ich hatten ein Beziehung, schon bevor Herr Kordes an unser Haus kam. Frau Tabeaus Love-Story mit ihm hat nichts an meinen Gefühlen für sie geändert. Keine Love-Story Frau Tabeaus wird jemals etwas an meinen Gefühlen für sie ändern. Wenn Herr Kordes während der Proben zu ›Salome‹ zeitweilig mein Liebhaber wurde, so deshalb, weil er sich von Elisabeth abgehängt fühlte. Außerdem wußte Freddy auch, daß ich Peter Zinn gut kenne.«

Die Lenssen runzelte die Stirn. Immer noch sah sie mich nicht an. »Peter Zinn? Den großen Opernmann? Meine Fresse, den kenne ja sogar ich. Was haben Sie denn mit *dem* zu schaffen?«

»Ähnliches wie Sie mit Pistorius«, entgegnete ich sarkastisch. »Wir waren zusammen im Engagement, als er noch Assistent bei Dürrmann in Berlin war. Manchmal habe ich ihm da ein bißchen geholfen. Er hat sich bei mir ausgeheult, wenn nichts mehr ging. So was vergißt einem Zinn nicht.«

»Hm«, sagte die Dicke. Das erste Mal nahm ihr Blick mich richtig auf. »Ein beachtliches Statement, was Sie da abgegeben haben. Ich fange an zu begreifen, warum Elisabeth Sie mitgebracht hat. – Also Kordes spielte den Affront gegen mich, um Elisabeth eins zu versetzen?«

»Nein. Er hat sich oft bei mir beklagt. Der Jochanaan würde in Ihrer Inszenierung auf Kosten der Salome zu kurz kommen.«

»Ph!« machte die Lenssen. »Das bißchen Gequake aus dem Off!«

Sie winkte sich den nächsten Whisky herbei.

Belinda drehte ihr Wasserglas zwischen den Händen, um es zu erwärmen. »Das alles kann mir sehr schaden«, hauchte sie. »Und dann noch mein Kind...«

»Was ist mit deinem Kind, Süße?«

»Amina war den Abend bei mir«, sagte ich. »Ich weiß nicht, ob sie was mitgekriegt hat.«

Aurora Lenssen machte schmale Augen. »Ist es das Kind, das nicht spricht?«

»Das nicht hört«, verbesserte ich. »Deshalb spricht es nicht.«

Die Lenssen kippte unmutig ihren Drink. »Da sitzen die Kriminalisten bestimmt dran wie Blutegel am Bein. Sollen die doch machen.«

Belindas Hand landete auf dem üppigen Jeansschenkel der Dicken. »Aurora! Nur mal drüber nachdenken...«

»Ich bin bloß noch ein paar Tage hier, und wir haben zu arbeiten, Kindchen. Vergiß das nicht. Übrigens«, wandte sie sich an mich, »ich brauche das Video von der Hauptprobe. Ich will mir das noch mal angucken.«

»Das steht in meinem Zimmer«, sagte ich.

»Wieso in Ihrem Zimmer?«

»Ich archiviere im allgemeinen alle Dokumentationen. Außerdem hatte ich auch vor, es mir anzugucken, um auszuwerten, inwieweit die Konzeption eingehalten worden ist.«

»So ein Unsinn«, schnaubte die Dicke ärgerlich. »Also los. Wir bestellen für Elisabeth ein Taxi. Sie muß sich ausruhen. Vorher fahren wir beim Theater vorbei und holen das Band. Ist dir das recht, Mädchen?«

Belinda nickte. Es war das gleiche Nicken, mit dem sie eine Regieanweisung entgegenahm.

7

Es wurde schnell dunkel zu dieser Jahreszeit. Als wir das Hotel verließen, waren die Straßenlaternen schon in Betrieb und die Auslagen der Geschäfte erleuchtet. Die diesige Luft verdichtete sich zu Nebel. Schon jetzt schwammen die Laternenmasten in Dunstinseln.

Am Theater hatten die Pförtner Schichtwechsel gehabt. Jetzt saß da Frau Greddin, eine dünne, blondgefärbte junge Frau mit einer Zahnlücke, die häufig fehlte, weil ihre zwei Kinder alle nasenlang krank waren. Sie war freundlich zu jedem, scheu und völlig inkompetent. Da sie sich weder Namen noch Gesichter merken konnte, ließ sie einfach jeden herein. Nach dem Ausweis zu fragen, war sie zu schüchtern. Eine Räuberbande hätte das Haus okkupieren können, ohne daß sie es gemerkt hätte.

Aus der Bühnentür am Inspizientenpult trat unvermutet Ziegler. Ich hatte sie noch nie auf der Szene gesehen, außer wenn ein Blumenstrauß oder eine Anweisung des Intendanten zu überbringen war.

»Na«, fragte sie strahlend, »alles im Lot?«

»Alles im Lot«, erwiderte ich. »Was machen Sie denn hier um diese Zeit?«

»Und Sie?«

»Ich hole das Probenvideo für die Lenssen.«

»Das Probenvideo?« Sie sah mich an, als hätte ich das Gesicht voller Pickel. »Aber das haben Sie doch bei sich zu Haus! Erinnern Sie sich denn an rein gar nichts mehr? Wir haben uns doch Ausschnitte angeguckt: die Szene Salome und Herodes und den Schluß…«

Ja. Natürlich, ich hatte es mit nach Hause genommen. Irgendwann hatten wir es eingelegt. Daß wir es uns angesehen hatten, daran fehlte mir tatsächlich jede Erinnerung. Ich blickte Ziegler an und sagte nichts. Sie genoß die Situation.

»Ach so, eh ich's vergesse«, bemerkte sie und kramte in ihrer umfangreichen Lederhandtasche. »Hier sind Ihre Schlüssel.«

»Was für Schlüssel?« fragte ich lahm.

»Jetzt sagen sie bloß, daß Sie das auch nicht mehr wissen!« rief sie entzückt. »Sie hatten mich doch zum Schlüsseldienst ernannt! Ich ließ alles rein und raus, was kommen oder gehen wollte. Und dann bin ich als letzte gegangen. Da schliefen Sie schon. Freddy auch. Gott, der Arme. Auch vergessen?«

Ihre Stimme war eine Oktave hochgerutscht.

»Natürlich weiß ich es«, entgegnete ich gequält. »Ich war bloß mit meinen Gedanken woanders.«

»Ja, wir brauchen alle Ruhe«, sagte Ziegler munter.

Wir waren vor die Tür getreten. Vor der Pforte erspähte sie das Taxi und machte einen langen Hals. Ihr entging bestimmt nicht, wer da drin saß.

»Also dann will ich Sie nicht aufhalten! Gute Nacht!« Sie stelzte davon im knackigen Ballerinenschritt, die Fußspitzen nach außen gekehrt.

◇

Der Wagen mit Belinda verschwand in Richtung Gartenstadt. Sie hatte mir zum Abschied nur zugenickt, während die dicke Aurora es sich nicht hatte nehmen lassen, sie zu umarmen und auf die Wangen zu küssen.

Jetzt stand die Regisseurin kopfschüttelnd vor der eingeschlagenen Haustür. »Meine Güte, da hat ja jemand viel Kraft angewendet«, murmelte sie. »Komisch. Wenn ich wen umbringe und ihn dann wegschaffe, veranstalte ich doch nicht solchen Krawall!«

Offenbar hatte sie eine Theorie.

»Woher wissen Sie, daß Kordes in meiner Wohnung umgebracht wurde? Könnte es nicht genausogut sein, daß *er* diese Tür von innen zerschlagen hat, um rauszukommen, und daß es ihn dann erst am Fluß ereilt hat, in den er gestürzt wurde?«

Wir waren inzwischen in meiner Wohnung angelangt.

»Sie machen sich ja echt Gedanken«, sagte die Lenssen sarkastisch, während ich die Kassette aus dem Rekorder nahm.

»Muß ich zwangsläufig«, entgegnete ich. »Schließlich habe ich ihn zuletzt gesehen.«

»Zuletzt gesehen hat ihn der Mörder – oder die Mörderin –, wer auch immer das gewesen sein mag«, korrigierte sie gelassen und maß mich mit ihren Kamera-Augen.

Ich hielt ihr das Video hin, aber sie nahm es nicht. Daß ich keine Anstalten machte, ihr einen Platz anzubieten oder gar eine Erfrischung, schien sie kein bißchen zu stören. Mit einem kleinen Lächeln wandte sie sich von mir ab und ließ ihren Blick so ungeniert, wie nur Regisseure gucken können, durch meine Wohnung schweifen.

»Himmel, haben Sie's aber ordentlich!« bemerkte sie. »Und das nach einer Fete. Also dazu wäre ich nicht fähig.«

Das kaufte ich ihr sofort ab.

»Na«, fuhr sie fort, »hier krieg ich wenigstens keine Stauballergie, wenn ich rumschnüffeln würde. Sie kennen also Peter Zinn«, sagte sie unvermittelt.

»Ja«, erwiderte ich steif.

Sie ließ sich in meinen Sessel fallen und kreuzte die Beine.

»Klären wir die Fronten«, schlug sie vor. »*Ich* halte Leute Ihrer Profession bei Kunstproduktionen für überflüssig, und *Sie* finden, daß ich eine Ignorantin mit schlechten Manieren bin. Sie mögen meine Arbeit nicht. Ich kann Ihre nicht beurteilen. Soweit, so schlecht. Aber ich denke, um Elisabeths willen müssen wir versuchen zu kooperieren. Sie hat mich mehr oder weniger direkt um Hilfe gebeten. Bis jetzt bin ich mir noch nicht sicher, ob das eine Hilfe für sie selbst oder für Sophie Gerber sein soll.«

»Ich brauche keine Hilfe«, sagte ich. Ich stand immer noch da mit dem Video in der Hand.

Sie grunzte ungeduldig. »Und ich würde Ihnen nie und nimmer welche anbieten«, gab sie grob zurück. Und dann einlenkend: »Elisabeth geht es nicht gut. Sie versteckt etwas. Ich habe keine Ahnung, was. Wenn Sie nicht mit mir am selben Strang ziehen, werde ich nie herausbekommen, was los ist, geschweige denn, ihr irgendwie beistehen können. Ich tappe herum, so, wie man in dieser verflixten Stadt meistens herumläuft – im Nebel. Setzen Sie ein paar Spots für mich, Frau Gerber.«

Ich sah vor mich hin.

Was wollte Belinda? Für oder gegen wen sollte diese Frau etwas herausbekommen? Und wieviel?

»Ich weiß ja selber nichts«, sagte ich beherrscht. »Ja, wir hatten keine Lust, in den Premierenjubel einzustimmen – alle, die wir gegangen sind. Sie werden es ja beiläufig mitgekriegt haben, wen sie alles vor den Kopf gestoßen haben während Ihrer Arbeit – in seinen Gefühlen verletzt oder in seinen künstlerischen Überzeugungen gekränkt oder in seinen Erwartungen enttäuscht. All das sammelte sich hier. Ich selbst hatte Kummer wegen Elisabeth und war wütend auf Freddy. Es war nur allzu durchsichtig, weswegen er sich an mich herangemacht hatte. Ich trank viel und durcheinander. Ich habe keine Erinnerung mehr. Das letzte, was ich weiß, ist, daß ich mit Moritz Benin getanzt habe.«

»Benin? Der Narraboth?«

Ich nickte.

»Ich hatte gar nicht bemerkt, daß er von der Kantinenfeier weggegangen war«, sagte sie überrascht. »Na, das ist ja alles fürchterlich dünn.« Sie seufzte. »Komisch, wenn *ich* trinke, verliere ich nie die Übersicht, auch wenn es manchmal so aussieht. Und mein Gedächtnis schon gar nicht.«

»Ja, Sie«, sagte ich und konnte nicht verhindern, daß es klang, wie es gemeint war.

»Sie hassen mich, was?« stellte sie fest, beeindruckt, aber keineswegs erschüttert. »Na, damit kann ich leben.«

Sie griff sich das Video, das ich zu guter Letzt auf der Schreibtischkante deponiert hatte, und stand auf. »Vielen Dank für Ihre Hilfe«, sagte sie ironisch.

Wir waren im Flur, als es klingelte.

Vor der Wohnungstür stand Jan Timmerling, der Theaterbote, ein dünnes Kerlchen mit Ziegenbart, der schon zweimal wegen seines waghalsigen Fahrstils auf dem Bike im Krankenhaus gelandet war. Wie er die Haustür passiert hatte, war klar – er war einfach durch das Loch in der Mitte geschlüpft.

»Gott sei Dank, daß ich Sie antreffe, Frau Gerber«, sagte er atemlos. »Ich hab ja eigentlich meinen freien Tag. Aber als ich zufällig an der Pforte vorbeiguckte, ob meine Freundin vom Chor schon im Haus ist, da entdeckte ich das hier. Offenbar brandheiß. Man hat ja Pflichtgefühl, nicht wahr?«

Das Paket, einer dieser käuflichen Postkartons, war rundum mit Klebeband verschlossen. Meine Adresse war aus Zeitungsbuchstaben zusammengestellt und das ganze Gebilde über und über bepflastert mit roten Stickern: EILT, EILT, EILT.

»Komisch«, murmelte ich. »Ich komm doch eben aus dem Theater. Da lag noch nichts da.«

Timmerling zuckte die Achseln. »Die Greddin!« sagte er beziehungsvoll. »Die trieft doch nur vor sich hin.«

Schon, dachte ich. Aber du hast es ja auch gesehen. Während ich ein Zweimarkstück für den Jungen rauskramte und mich bedankte, bemerkte ich, wie erstaunt er die Lenssen ansah. Klar, er kannte ja die Zusammenhänge. Diese Frau in meiner Wohnung...

Ich hielt das Ding in den Händen und wußte, daß keine Macht der Welt Aurora Lenssen bewegen würde, mich allein zu lassen, bevor ich es nicht geöffnet hatte. Also ging ich zum Schreibtisch und griff mir den Brieföffner, um das Klebeband aufzuschlitzen. Sie folgte mir.

»Ticken tut ja wohl nichts«, sagte sie beiläufig.

Sie hielt stand, immerhin. Es mußte ihr ja klar sein, daß es mir völlig gleichgültig war, ob ich da eine Bombe oder einen Lachsack öffnete.

Ich bog den Deckel mit der Schere zurück.

»Geben Sie sich keine Mühe«, sagte sie. »Wer so was schickt, hinterläßt keine Fingerabdrücke.«

Wo sie recht hatte, hatte sie recht. Ich riß die Verpackung auf.

Es war mein Duschvorhang, sorgfältig zusammengelegt und voller Blut. Und mein Fleischklopfer. Auch den hatte niemand gereinigt.

»Also das haut mich dann doch um«, knurrte die Lenssen. »Sie hätten nicht zufällig ein Tröpfchen Alkohol für mich, bevor ich gehe?«

»Sehen Sie selbst nach«, entgegnete ich abwesend. Sie verschwand in Richtung Küche. Als sie zurückkam, hatte sich ihre Fahne verstärkt. Offenbar war sie fündig geworden.

»Würde es Ihnen was ausmachen, wenn Sie diese – diese Geschenksendung, keine Handelsware! – zunächst dem ermittelnden Herrn Kommissar vorenthielten?« fragte sie. Ihre Zunge begann schwer zu werden. Offenbar war ihr Schreck größer gewesen, als sie gezeigt hatte, und dementsprechend ihr Schluck in der Küche. »Diese Herrschaften entwickeln meist ganz falsche Phantasien.«

»Daran hatte ich auch schon gedacht«, erwiderte ich.

◇

Ich weichte die Teile in der Wanne ein und schrubbte sie danach mit der Wurzelbürste. Es gab keine Beweise. Außerdem, wozu sollte das gut sein, zu beweisen, was ohnehin klar war?

Natürlich war es das Blut von Freddy, was daran klebte. Und natürlich wollte mir wer drohen. Okay, verstanden. Zu den Akten.

Das Telefon schrillte, als ich gerade fertig war.

»Ich hoffe, Sie sind nicht schon im Bett«, flötete Ziegler am anderen Ende der Leitung. »Aber ich mußte sie noch mal sprechen. Der Tag war ja so hektisch. Und diese Sache mit dem Schlüssel ... Also, ich habe ein bißchen nachgedacht. Ich habe Erkenntnisse. Wirklich, wir müssen uns treffen. Ganz bald. Ich habe morgen vormittag frei. Wollen wir uns im ›Flicflac‹ verabreden, so um zehn?«

»Im ›Flicflac‹? Warum im ›Flicflac‹?« fragte ich begriffsstutzig.

Ziegler kicherte. »Meine Garderobe bedarf dringend einer Überholung. Sie haben doch eine Visa Card, nicht wahr?«

»Ich? Ja, schon. Aber...«

Sie ließ mich nicht zu Wort kommen. »Ich dachte, Sie greifen mir ein bißchen unter die Arme!« Ein Kichern. Dann hatte sie aufgelegt.

Ich starrte vor mich hin. Die Sache gefiel mir nicht.

8

Montags geht es um 6 Uhr 30 los.

Ein Preßlufthammer eröffnet den Reigen. Der zweite antwortet. Mit Donnergepolter wird eine Fuhre Kies abgekippt. Die Maurer verständigen sich mittels Zuruf von Gerüst zu Gerüst. Zirka zehn Minuten später rammelt ein Bagger los. Der ganze Höllenlärm dauert allerhöchstens eine dreiviertel Stunde. Bis auch der allerletzte wach ist. Dann tritt Ruhe ein. Auf dem Bau ist Pause angesagt.

Man kann sich auch daran gewöhnen. Irgendwann bohrt sich der Preßlufthammer zwar noch in die Tiefen des Schlafes hinein, aber man zieht eben die Decke ein bißchen höher über die Ohren, dreht sich um, freut sich, hier drin im Bett zu sein statt da draußen im Kalten, und schläft wieder ein.

Obwohl Grund gewesen wäre, unruhig zu sein, hatte ich keine schlechte Nacht verbracht. Schließlich fehlte mir einfach Schlaf. Doch jetzt mischte sich in den gewohnten morgendlichen Radau ein fremder Ton. Und der störte. Ich brauchte ein Weile, um mitzukriegen, daß es mal wieder das leidige Telefon war. Kein Mensch rief mich um sieben Uhr an. Jedenfalls keiner vom Theater.

Telefonate vor neun waren tabu.

Ich stand auf und angelte nach dem Hörer. Ich ahnte nichts Gutes.

Es war Arndt. Wahrscheinlich begann seine Dienstzeit um sieben, und er wollte gleich Nägel mit Köpfen machen.

»Können Sie um zehn im Präsidium sein? Ich hab mir noch ein paar Fragen einfallen lassen, Frau Gerber.«

Die Formulierung war nicht ohne Reiz. Trotzdem war ich verärgert.

»Nein«, log ich. »Ich habe um zehn Probe. Tut mir leid.«

Ich hörte ihn Luft holen und legte auf. Die sollen nicht denken, daß alles nach ihrer Pfeife tanzt.

Da ich nun einmal wach war, duschte ich und machte mir Tee. Noch während ich den Filter aus der Kanne nahm, klingelte es erneut. Die Polizei ist aufdringlich. Erst wollte ich überhaupt nicht rangehen. Dann hob ich den Hörer ab und sagte scharf: »Ja?«

Es war die Whiskystimme der Lenssen. Die Frau hatte ich eigentlich nicht unter den Frühaufstehern vermutet.

»Wäre es möglich, daß Sie heute auf unsere Umbesetzungsproben kommen, Frau Gerber?« fragte sie. Ihr Ton hatte etwas Drängendes.

Das waren ja Neuigkeiten. Sie hatte sich meine Anwesenheit bei Proben strikt verbeten und damit eins der ungeschriebenen Gesetze des Hauses verletzt. Nach den Steinrückschen Prinzipien war nämlich die Präsenz von Dramaturgen auf Proben nicht nur erwünscht, sondern geradezu gefordert: als Korrektiv, als bestätigende oder opponierende Stimme, als Archivar des Produkts und erster Zuschauer. Es gab sogar den Begriff des »Produktionsdramaturgen« damals. Aurora Lenssen hatte mit dergleichen radikal Schluß gemacht. Die Videoaufzeichnung der Hauptprobe genüge ihr vollauf zur Dokumentation ihrer Arbeit. Irgendwelche Besserwisser und Reinquatscher lehne sie ab, hatte sie damals getönt. Da würde kein Sänger die Hosen runterlassen. Und es sei ja das Gute am Theater, daß man keinen technischen Stab brauche.

Nun wäre im nachhinein sogar meine Lüge gegenüber Arndt legitimiert gewesen. Trotzdem sagte ich: »Tut mir leid, Frau Lenssen. Ich habe heute vormittag bereits disponiert.«

»Frau Gerber, meinen Sie nicht, daß es vielleicht wichtig ist?«

»Möglich«, entgegnete ich genußreich. »Aber vielleicht gibt es noch andere Termine, die auch dringend sind. Es tut mir leid. Ich melde mich.«

»Wie Sie meinen. Der Vorschlag kam übrigens von Elisabeth.«

Es klickte in der Leitung. Aus.

Das war abgefeimt. Natürlich wußte sie, daß ich sofort gekommen wäre, wenn sie das gleich zu Anfang gesagt hätte.

Und natürlich hatte sie jetzt bessere Karten bei Belinda. Ich war ja nicht kooperativ.

Ich schlürfte wütend meinen Tee und verbrannte mir die Lippen.

Zum Frühstück hatte ich keine Lust, aber als ich in der Küche den Korb mit dem altbackenen Brötchen sah, überfiel mich der Heißhunger, und ich schlang das trockene Zeug in mich hinein. Ich versuchte, mich zu erinnern, ob ich gestern eigentlich außer Kaffee, Tabletten und Alka Seltzer irgendwas zu mir genommen hatte. Mir fiel nichts ein.

Das angebissene harte Brötchen in der Hand, griff ich zum Branchenfernsprechbuch und rief einige Glasereien in der Nähe an, ließ mir mögliche Kosten und mögliche Termine nennen, um das günstigste und schnellste Angebot für die Reparatur der Haustür zu finden, machte mir Notizen, verglich. Dies Spezialglas war unheimlich teuer. Schließlich entschied ich mich und ging zur Hausmeisterin, um ihr den Termin und die Firma mitzuteilen.

»So spät erst«, maulte die Lehnhoff. »Was sollen denn da die Mieter sagen?«

»Die machen noch heute eine Notverglasung, wenn Sie drauf bestehen«, sagte ich widerwillig. Sie hatten mir das angeboten, aber ich hätte es gern eingespart.

»Wird wohl sein müssen«, sagte die Blaugespülte. »Ist ja die helle Panik im Haus. Wir stehn ooch dicke inne Zeitung.«

»Ach ja?« erwiderte ich kühl. »Dann können Sie sich und Ihre Mithilfe zur Verbrechensbekämpfung ja fein ins Licht setzen.«

»Nu«, sagte die Frau und nickte befriedigt. Ironie war wohl nicht die Schwingung, die sie erreichte.

Richtig. Die Zeitungen. Die gab es ja auch noch. Ich ging zum Briefkasten und fischte das Regionalblatt heraus.

Wir waren der Aufmacher.

Den Fotografen kannte ich gut. Arwed Schmitz kam eigentlich von der Sportreportage und hatte die Fähigkeit, gestochen scharfe Momentaufnahmen zu schießen. Während er sich aber beim Sport, besonders beim Fußball, auskannte und genau wußte, wann der entscheidende Moment da war, um den Auslöser zu betätigen, hatte er vom Theater keine Ahnung. Er interessierte sich weder für das Stück noch für die Inszenierung, langweilte sich entsetzlich und knipste bei den Generalproben einfach drauflos. Es entstanden gestochen scharfe Belanglosigkeiten.

Früher, als wir noch eine Hausfotografin hatten, war das egal gewesen. Schmitz belieferte seine Zeitung, und ich hatte mir lediglich ausbedungen, seine Bilder mit auszuwählen. Alle anderen Redaktionen nahmen ohnehin die Bilder unserer Fotografin, die auch für die Werbung verantwortlich war.

Helge Pistorius, der Sparer, hatte diese Frau entlassen und die ganze Werbeabteilung umstrukturiert. Auf dem Sektor Foto waren wir jetzt auf Fremdarbeit angewiesen. Schmitz hatte das Monopol. Da H.P. die Fotoauswahl auch noch mir aus den Händen genommen und zur Chefsache gemacht hatte, sahen unsere Pressefotos jetzt unendlich beliebig aus. Nun gut, die meisten unserer Inszenierungen waren beliebig. Heute aber hatte sich Schmitz selbst übertroffen. Die Aufgabe war ja auch eine interdisziplinäre gewesen, sozusagen.

Nebeneinander prangten zwei Bilder von Alfred P. Kordes.

Es war ziemlich makaber. Schmitz hatte aufgrund seiner Fähigkeit, so gestochen scharfe Bilder zu schießen, die Chance gehabt, aus dem »Salome«-Szenenfoto Freddys zur Seite geneigten Kopf herauszuvergrößern. Man sieht Jochanaan, wie er aus der Zisterne gezogen wird: die Augen geschlossen, das Haar naß und strähnig, der Mund zu einem Bogen des Schmerzes nach unten verzogen. Ein Vorläufer dessen, der nach ihm kommt, ein Ecce-Homo.

Genau daneben das gleiche noch mal, aus dem Gefrierkeller der Universitätsklinik, sozusagen in echt. Nur der Bart wirkte jedesmal anders. Als Jochanaan hatte Freddy den Kopf pomadisiert. Das Wasser lief daran ab. Als Leiche war er zerzaust und kläglich anzusehen.

Natürlich hatte der verantwortliche Redakteur zu den schaurig-schönen Fotos auch einen schaurig-schönen Einfall gehabt. Es hieß da:

Wer wollte den Kopf des Jochanaan?

Nach seinem vorgestrigen überwältigenden Erfolg in der Partie des Jochanaan in Aurora Lenssens ›Salome‹-Inszenierung wurde der bekannte Kammersänger Alfred P. Kordes gestern früh tot aus der Saale gezogen. (Wir berichten auf Seite 5 über das Theaterereignis.) Der schöne Kammersänger soll nach Zeugenaussagen bis in die Morgenstunden in einem Privathaus gefeiert haben. Dabei ging es offenbar nicht nur gesittet zu. Eine Haustür kam zu Bruch. Gab es einen Streit? Ist Jochanaan im Zustand der Unzurechnungsfähigkeit in den Fluß gefallen, oder hat jemand nachgeholfen? Die Polizei hält sich bedeckt. Wir halten unsere Leser auf dem laufenden...

»Ratten«, murmelte ich. Ich nahm ein Stahllineal und riß die beiden nebeneinander montierten Fotos von Freddy aus dem Blatt. Den Rest der Zeitung tat ich zum Altpapier. Die Bild-Kombination befestigte ich an meiner kleinen Pinnwand über dem Schreibtisch, wo ich dringende Termine anzuheften pflegte.

Ich wollte das vor Augen haben, auch wenn es weh tat. Weh tun gehörte dazu.

Inzwischen war es Zeit für meine Verabredung mit Ziegler.

An der Tür kehrte ich noch einmal um, holte meine Visa Card aus der Handtasche und deponierte sie in der Kassette. Ganz so leichtes Spiel sollte die Gute denn doch nicht mit mir haben.

9

Das neue Einkaufs-Center der Stadt, »Flicflac« genannt, war das Entzücken aller Kauflustigen und der Ruin der kleinen Läden ringsum. Hier gab es alles. Dieser Palast aus Glas und Stahl und Plastik war einfach vollkommen. Glitzernde Rolltreppen und Laufbänder verbanden die Ebenen miteinander. Überall ertönte sanfte psychedelische Musik. Die Auslagen funkelten wie im Märchenland. Wasser plätscherte, Palmen wiegten sich im warmen Aufwind der Ventilatoren, Lorbeerbüsche waren mit unzähligen Lämpchen geschmückt. Es war traumhaft und traumatisch. Ich fühlte mich hier nicht besonders wohl.

Treffpunkt der Theaterleute, wenn sie sich schon mal hier trafen, war »Friends and Shopping«, ein offenes Café, wo es eine aus Vorwendezeiten übernommene und bei uns sehr beliebte Spezialität gab: Mokkasekt aus dem Hause Krausköpfchen. Dazu wurde ein spezielles, Halloretten genanntes Salzgebäck gereicht, das ich stets liegenließ.

Trotz der frühen Stunde bestellte ich also einen Piccolo Mokkasekt – reine Gewohnheit.

Dann wartete ich auf Ziegler.

Ich wartete eine geschlagene halbe Stunde.

Als die Bedienung fragte, ob ich noch einen bestellen wollte, dankte ich und zahlte.

So konnte ich doch noch in aller Ruhe auf die Probe der dicken Frau gehen. Ziegler hatte es sich wohl anders überlegt.

Allerdings bekommt mir Alkohol so früh am Morgen nicht. Ich fühlte mich regelrecht benebelt. Fröstelnd trat ich in den diesigen Morgen hinaus und schlug den Mantelkragen hoch. Da drin war alles so warm und angenehm gewesen. Ich hätte lieber noch bleiben und einen weiteren Mokkasekt trinken sollen, dann wäre mir wirklich alles egal gewesen.

Natürlich trabte ich in Richtung Theater, obwohl ich mir inzwischen gar nicht mehr so sicher war, daß ich die Probe besuchen wollte.

Als ich aus einer der Seitengassen hinter der Universität auf den großen Platz einbiegen wollte, wurde ich um ein Haar von einem Radfahrer gerammt, der wie ein Besessener auf dem Bürgersteig daherkam. Es war unser Bote Jan Timmerling, der sich nun mal wieder selbst mit elegantem Schwung nebst Rad zu Boden warf.

»Herrje, können Sie nicht aufpassen!« schrie er.

»Und Sie?« gab ich zurück.

Timmerling rappelte sich hoch und klaubte seine Maschine vom Boden auf. »Nix passiert«, murmelte er und ließ sich zu einem »Tschuldigung« hinreißen. »Ich bin in Braß, Frau Gerber. Muß zur Ziegler. Der Olle is uff neunzig, weil die nich bei ihre Kläche gekommen is.« (Daß »Kläche« im merkwürdigen Missingsch dieser Stadt soviel wie Arbeitsstelle bedeutete, hatte ich gelernt.)

»Die hat doch heute vormittag frei«, entgegnete ich, während der Junge seine leicht verbogene Pedale mit Fußtritten richtete.

»Möglich. Aber der Olle sagt, an so 'nem Tag geht das nicht. Die ganze Presse wegen der Premiere und dann der Mord. Und die jeht perdu nich ans Telefon!«

Er schwang sich wieder in den Sattel.

»Was war 'n in dem Paket?« fragte er kurz vorm Starten.

»Ach«, sagte ich, »nichts. Hat sich wer 'n Scherz erlaubt. War aber sehr nett von Ihnen, mir das zu bringen.«

Das konnte er unmöglich noch verstehen. Er sauste mit Schallgeschwindigkeit in die Gasse. Weiter hinten hörte ich ihn klingeln, und die Leute schimpften.

An der Pforte saß schon wieder die Greddin. Sie hatte das Radio an und strickte irgendwas aus gelber Wolle.

»Nanu«, sagte ich, »haben Sie mit Hoppe getauscht?«

Sie riß die Augen auf und glotzte mich an, als wenn sie mich zum ersten Mal sehen würde.

»Ist Post für mich da? – Gerber mein Name«, fügte ich vorsichtshalber hinzu. Sie begann umständlich den Postkasten durchzugucken.

»Das Paket gestern – wer hat das eigentlich abgegeben?«

»Hä?« Sie hielt in ihrer Suche inne.

»Gestern«, insistierte ich. »Ein Eilpaket, kurz nachdem ich aus dem Haus war, der Bote hat es mir gebracht.«

Sie sah mich stumm an. Da zündete nichts. Vergebene Liebesmüh.

»Also keine Post«, sagte ich und versuchte, freundlich zu bleiben. »Dann bitte meinen Schlüssel. Die Dreihundertzehn.«

Es dauerte wieder eine Weile, bis sie mit der Auskunft rüberkam, der sei schon geholt worden. Natürlich erübrigte es sich zu fragen, von wem. Sie wußte es sowieso nicht.

Ich legte einen Schritt zu. Das paßte mir nicht. Okay, es konnte auch eine Putzfrau gewesen sein. Aber es paßte mir nicht.

Die Tür war offen, und der Schlüssel steckte von außen. Das Zimmer war aufgeräumt und kalt. Ich ging, um die Heizung aufzudrehen. Auf dem Fensterbrett lag ein großes Stück rosa Löschpapier. Darauf in Belindas Kinderschrift mit Bleistift gemalt: BITTE KOMM BALD ZOPPI.

Ich preßte die Lippen aufeinander.

Belinda durfte jederzeit in meinen Raum. Aber diese Botschaft irritierte mich. Sie artikulierte sich sonst nicht so eindringlich.

Sie wußte, daß ich auf Andeutungen reagierte. Und wenn ich nicht reagierte, müßte sie das auch einzuschätzen wissen.

Am meisten beunruhigte mich, daß sie mich mit dem kindischen Kosenamen anredete, den sie mir zu Beginn unserer Beziehung gegeben hatte; sie hatte mich nicht länger als ein Vierteljahr so genannt.

Einen Augenblick war ich in Versuchung, auf die Probe zu laufen und nachzusehen.

Dann setzte ich mich doch an meinen Schreibtisch und zog das Telefon zu mir heran. Zuerst rief ich im Gehörlosenkindergarten an.

Amina war heute nicht gebracht worden. Gründe wußte man nicht.

»Sie kennen Sie ja!« Es klang vorwurfsvoll. »Frau Tabeau sagt nie Bescheid.«

Entweder war diese Polizeidame noch mit dem Kind beschäftigt, oder Elisabeth hatte Amina im Haus zu der jungen Frau geschickt, die manchmal als Tagesmutter sich des Mädchens annahm. Das tat sie, wenn sie in Zeitdruck war und den Weg zur Tagesstätte nicht mehr schaffte.

Ich zögerte einen Moment, dann wählte ich Wien an und ließ mich mit Peter Zinns Büro verbinden. Die Sekretärin sprach den anheimelnden Dialekt, der einem sogar eine Todesnachricht verzuckern kann: Ja mei, der Herr Professor sei gestern leider nach Buenos Aires gejettet. Das »Colon« habe angerufen. Ja, das Problem liege nun erneut auf dem Tisch. Man habe die Nachricht von unserer »Salome« und das darauf Folgende auch in Wien vernommen. Sie könne meine Nachfrage durchaus verstehen. Natürlich werde sie dem Herrn Professor referieren, wenn er durchriefe aus Buenos Aires. Schluß.

Ich starrte noch gedankenverloren auf den Apparat – wieso lag das Problem erneut auf dem Tisch? –, als das Ding wie wild losklingelte. Irgendwie verkünden Telefone schon im voraus, ob es gute oder unheilvolle Nachrichten sind, die sie übermitteln.

Der Intendant persönlich gab sich die Ehre. Seine Stimme hatte einen hysterischen Unterton, den ich nicht ohne Genugtuung wahrnahm.

»Ja, Frau Gerber, Sie sind im Haus und melden sich nicht?!«

»Warum sollte ich?« gab ich zurück. »Ich habe einen freien Tag.«

H.P. lachte gereizt auf.

»Freier Tag, heute! Es sieht ja so aus, als wenn hier alle Dienst nach Vorschrift machen würden. Das muß Ihnen doch der gesunde Menschenverstand sagen, daß an einem Morgen nach solchen Ereignissen keine freien Tage genommen werden können! Meine Sekretärin hat offenbar eine ähnliche verquere Auffassung von ihrem Job. Frau Gerber! Ich erwarte Sie in zehn Minuten – wohlverstanden in zehn Minuten! – im VIP-Raum. Wir haben eine Pressekonferenz. Soll ich denn hier alles allein machen? Zu irgend etwas muß die Dramaturgie doch gut sein!«

Womit er auflegte.

Tja, zu irgendwas muß die Dramaturgie gut sein.

Ich holte mein Schminkzeug aus der Tasche und versuchte, mich ein bißchen zurechtzumachen. Viel half es nicht, aber gegen gestern war es doch ein Fortschritt. Dann steckte ich mir die Haare hoch und ging los. Optisch konnte ich H.P.s Vorstellungen ohnehin nicht entsprechen, in einer Strickweste und einem Pullover, der fast bis zu den Knien reichte.

Der VIP-Raum zählte zu den wenigen Errungenschaften des Sozialismus, die von H.P. freudig übernommen worden waren. Bei seiner Einrichtung vor etwa zehn Jahren, gerade als ich im Haus anfing, hatte er Gastraum geheißen; ein vom Foyer abgeteiltes, verschließbares Zimmer, wo sich die Prominenz von Partei- und Staatsführung vor der Vorstellung und in der Pause traf, um mit dem Gastgeber zu plaudern (was immer bedeutete, daß der Intendant praktische Politik für sein Theater machen konnte) und auf Kosten des Hauses zu essen und zu trinken. Pistorius empfing in dem nun VIP-Raum genannten Zimmer zu Premieren prominente Kollegen und diesen oder jenen Kritiker, dem er um den Bart gehen wollte. Wenn der Staatspräsident uns besucht hätte (was bisher noch nicht geschehen war), hätte der auch zweifellos samt Suite und Bodyguards da residiert und nach dem letzten Klingelzeichen von dort aus Einzug in seine Loge gehalten, wie es der Staatsratsvorsitzende der DDR tat, der immerhin Steinrücks Oper einige Male die Ehre erwiesen hatte.

Um ins »Promi-Shuttle« (Ausspruch Hörnlein) zu gelangen, mußte man das gesamte Foyer umrunden. Zuerst durch die Stahltür, die Bühnentrakt und Zuschauerraum voneinander trennte. Während der Vorstellung war sie aus Brandschutzgründen abgeschlossen. Nur Intendant, Inspizient und Abendspielleitung besaßen jeweils einen Schlüssel. Zu dieser Zeit freilich war die Tür offen.

Im Parkettfoyer hörte ich einen Staubsauger. Um der Putzfrau aus dem Weg zu gehen, stieg ich gleich die Treppe zum Rangfoyer hoch.

Eine der Türen zum Rang stand offen, wahrscheinlich wollte man lüften. Ich schlüpfte für einen Moment hinein und lehnte mich an die holzgetäfelte Wand. Der Geruch – ein einmaliger und nicht wiederzugebender Geruch nach muffigen Polstern und Staub, nach Parfüm und Schminke, Kolophonium und Leim – umhüllte mich wie ein nasses Tuch.

Der Orchestergraben war unbeleuchtet, der Eiserne Vorhang heruntergelassen. Das stumme Halbrund des Zuschauerraums lag da, als lauere es auf etwas. Ich schloß die Augen. Dies Theater – Schauplatz all unserer Leiden und Freuden –, wir liebten und haßten es zugleich, wollten weg und waren daran gekettet. Zehn Jahre meines Lebens ich, über fünf Belinda.

Fünf wir beide zusammen.

Beim Hinausgehen verfing sich mein Fuß an einer lockeren Metalleiste der Treppenbespannung, so daß ich beinah gestürzt wäre. Der ganze Laden hier bedurfte dringend der Renovierung, alles war verschlissen und verrottet. Aber die Stadt hatte für dergleichen kein Geld.

Aus dem Büfettraum, der an das Rangfoyer angrenzte, drang ein Zischen und Sprudeln. Das Geräusch war mir bekannt. Das war die überalterte Espresso-Maschine, die man sofort abschalten mußte, wenn das Wasser durch war, sonst spielte sie verrückt. Wollte H.P. seine Gäste etwa von hier aus bewirten? Es gab doch entschieden modernere Geräte im Promi-Shuttle. Und bestimmt war die Wildmüller anstelle der verschollenen Ziegler abkommandiert, den Service übernehmen.

Durch die Fenster des Büfettraums fiel fahles Tageslicht und ließ alles, was bei abendlicher Beleuchtung noch glänzte und prunkte, so schäbig und trostlos erscheinen, wie es wirklich war – diese Tapeten, zweitklassige Seiden-Imitate, diese vergoldeten Leisten, abgeplatzt und stumpf, diese Kronleuchter aus Plastik, die Kristall vortäuschen sollten und die jetzt vergraut und unecht wirkten, der fadenscheinige Teppich, den niemand ansah, der darauf trat und selbst auf Wirkung bedacht war.

Die Espresso-Maschine stand in Dampfwolken gehüllt. Daneben waren zwei Täßchen plaziert, Löffel, ein Sahnekännchen aus Plastik, die große Preßglaszuckerdose.

Kein Mensch zu sehen. Seltsam.

Ich zog meinen Pulloverärmel über die Hand, fuhr in den Dampf und schaltete des Ding ab. Bevor ich auf der anderen Seite hinausging – ich konnte das gedämpfte Stimmengewirr vom VIP-Raum schon hören –, drehte ich mich noch einmal um.

Hinter dem runden Tresen ragten ein paar Füße in malvefarbenen Pumps hervor. Die Spitzen nach außen, im klassischen »Au dehors«, wie es typisch war für Ziegler.

10

Zu irgendwas muß eine Dramaturgie doch gut sein. Da hatte mein Intendant recht.

Diesmal war ich gut, sein Haus aufs neue in die Schlagzeilen zu bringen, freilich anders, als er sich das erträumte.

Vielleicht hätte er den Skandal ja auch verhindern können (mit der gesamten Presse im Haus), vielleicht wären bei geschlossenen Türen des VIP-Raums Lösungen möglich gewesen, diskrete Lösungen. Aber er mußte mir ja auf seine arrogante Tour verweigern, ihn vor Beginn der Konferenz unter vier Augen zu sprechen. Er mußte mich öffentlich anpfeifen: »Herrgott, Frau Gerber, was soll das denn jetzt? Was von Bedeutung haben Sie mir denn zu sagen?«

Nun, ich sagte es ihm dann laut. Freilich hatte ich schon vorher, vom Besuchertelefon in der Kassenhalle aus, bei Arndt angerufen, und das Martinshorn des Polizeiwagens wäre ohnehin bis ins Promi-Shuttle vorgedrungen.

Arndt war kurz angebunden. Er bestimmte nur, daß ich mich um 15 Uhr bei ihm zu melden habe, weiter nichts. Sein Ton war so, daß ich auf Einwände verzichtete. Ein Assistent nahm die Fakten auf.

Zum Glück bin ich kein dankbares Foto-Objekt. H.P. mit seiner toten Sekretärin abzulichten lag ja auch viel näher. Nur

Arwed Schmitz ließ es sich nicht nehmen, ein Bild von mir zu schießen und den Gesichtsausdruck festzuhalten, mit dem ich auf den blutverschmierten Pagenkopf der ehemaligen Tänzerin hinabsah.

Nachdem alles vorbei war und der Sarg weggefahren wurde, ging ich durch das aufgescheuchte und wie einen Bienenstock summende Haus zur Probebühne. Eigentlich mußte um diese Zeit dort noch gearbeitet werden.

Aber ich hatte mich geirrt.

Im Raum befanden sich nur der Souffleur, ein alter Mann namens Gries, der noch zum Steinrück-Inventar gehörte, und Katja Liebers, die Repetitorin, eine Frau mit Brille und langem grauem Pferdeschwanz, die ihre Arbeit als »Klaviersklavin« mit stoischer Routine absolvierte, wozu gehörte, daß sie beim Spielen ihre knochigen Knie gegen das Klavier stemmte und auf ihrem Stuhl auf den hinteren Beinen balancierte. Von ihr erfuhr ich, daß die Vormittagsprobe gerade zu Ende sei, weil am Nachmittag der Gast-Jochanaan zur Einweisung kommen würde. Frau Lenssen sei mit Elisabeth zur Kantine gegangen.

»Die Ziegler ist tot«, sagte ich. »Im Büfettraum. Gegen die Kante vom Tresen gefallen. Oder gestoßen worden.«

Die beiden starrten mich an.

Ich schloß die Tür und hörte Gries noch fragen: »Hä? Wer ist dod?«, und den Stuhl der Liebers mit hartem Klick auf den Vorderbeinen landen.

Kantine! Natürlich stürzte die Lenssen sofort nach der Probe in die Kantine. Von nichts kommt nichts, und diese Frau war nicht nur im Trinken maßlos. Einen Augenblick überlegte ich, ob ich nicht aus dem Haus gehen und die Begegnung mit ihr hinauszögern sollte, denn mit Sicherheit hatte der Theaterklatsch ihr inzwischen die Neuigkeiten zugetragen. Auf dem Gang zur Kantine begegnet man vielen Leuten, und niemand würde von etwas anderem reden.

Schließlich machte ich mich doch auf den verschlungenen Weg.

Die Kantine lag am äußersten Ende des Hauses, neben dem Orchesterprobenraum. Die Baumeister dieses Theaters hatten offenbar nicht an die leiblichen Bedürfnisse der Mitarbeiter gedacht, oder sie waren ihnen zu spät eingefallen, und dann schufen sie diese merkwürdige Behelfseinrichtung.

Der Weg führte durchs Kellergeschoß, durch ein Labyrinth von Gängen, unter Heizungsrohren hindurch, von denen die Farbe abblätterte, vorbei an tropfenden Ventilen und durch ein ganzes Schleusensystem von Stahltüren. Wer sich nicht auskannte, konnte sich hier heillos verlaufen und in Sackgassen landen, in Kellern, die nicht mehr benutzt wurden, seit das Haus von Kohle auf Gasheizung umgestellt worden war, in Abstellräumen der Requisite oder der Technik, in Verliesen, in denen Aggregate summten.

Wenn ich allein war, betrat ich den Weg durch diese Eingeweide des Theaters stets mit Scheu. Meistens wartete ich auf jemanden, dem ich mich anschließen konnte. Stärker noch als das Risiko, sich zu verirren, ängstigten mich hier unten gewisse akustische Phänomene, rätselhafte Hörspiele. Schritte klangen ganz nah, die weit weg waren, plötzlich schien jemand neben einem zu gehen. Gespräche aus einer anderen Ecke des Ganges drangen einem ins Ohr, als stünde man in unmittelbarer Nähe, Echos marterten, Tropfen zerbrachen die Stille, ohne daß da Wasser war, Röhren rauschten hinter der Wand. Für sensible Gemüter ein unheimlicher Weg.

Zwei Techniker in ihren blauen Overalls kamen mir entgegen, so heftig im Gespräch, daß sie nicht einmal grüßten. Natürlich ging es um Ziegler.

Ein Posaunist, sein Instrument im Futteral unter den Arm geklemmt, überholte mich schwitzend und im Schweinsgalopp. Offenbar war er knapp dran zur Probe bei Mierenbusch. Ich konnte mit ihm nicht Schritt halten, da eine Choristin auf mich zukam und von mir Näheres wissen wollte – ich sei ja schließlich ganz dicht dran gewesen! Als sie endlich lockerließ und sich von mir trennte, war ich allein. Meine Schritte hallten dumpf.

An der nächsten Ecke wußte ich, daß ich aus Zerstreutheit falsch abgebogen war. Ging zurück und bog offenbar wieder falsch ab. Ich landete vor einer Stahltür, die von der anderen Seite her verschlossen war, und hörte auf einmal, als wäre sie neben mir, Belindas Stimme.

»Nein! Nein, das geht zu weit! Ich will das nicht!« – Und eine Männerstimme erwiderte etwas, das ich nicht verstand. Es klang grob und erregt. Darauf meine Sängerin: »Das habe ich nicht gesagt! Nie!«

Dann ein Aufschrei, der in Lachen überging, das gurrende, tief aus der Kehle kommende Lachen Belindas, wenn sie etwas erotisch erregte. Und ihre Stimme: »Nein! Nicht! Ich sage nein!«

Meine Erstarrung löste sich. Ich begann wie verrückt mit beiden Fäusten gegen die verschlossene Metalltür zu trommeln und Belindas Namen zu rufen.

Die Stimmen verstummten sofort. Ich hörte Schritte, gleich darauf das Zuschlagen einer Stahltür. Sekunden später noch eine. Dann, verhallend, eine dritte. Oder war es nur ein Echo? Ich preßte die Hände an die Schläfen.

Plötzlich wußte ich wieder, wo ich entlang mußte. Mit fliegenden Röcken raste ich durch die Gänge und riß die Tür zur Kantine auf.

Essensdunst und Rauch schlugen mir entgegen. Das Stimmengewirr, so schien mir, wurde gedämpfter, als man mich wahrnahm.

Die dicke Frau saß allein an einem Tisch hinten an der Wand, direkt unter einer Karikatur, die Steinrück als Kaktee darstellte. Sie war offenbar schon bei der Nachspeise, einem großen Becher Vanillejoghurt. Den Resten auf ihrem Teller nach hatte sie offenbar ein Eisbein verdrückt.

Ich trat schnell an ihren Tisch. »Wo ist Elisabeth?«

Sie zuckte die Achseln. »Ich nehme an, in ihrer Garderobe. Wir hatten Sie früher erwartet, aber Sie mußten sich ja mal wieder in die Nähe einer Leiche begeben.« Sie betrachtete mich mit schiefgelegtem Kopf. »Scheint Ihnen nicht sonderlich zu bekommen, Ihrem Aussehen nach. Bitte, nehmen Sie doch Platz.«

»Ich suche Elisabeth!«

»Lassen Sie das Mädchen. Sie braucht Ruhe. Nachher haben wir wieder Probe. Kommen Sie. Reden Sie.«

Ich ließ mich auf den einladend vorgezogenen Stuhl fallen. Plötzlich hatte ich keine Widerstandskraft mehr. Die Lenssen schob ihren Joghurt zurück.

»Soll ich Ihnen 'n Kaffee holen?« fragte sie.

Ich nickte mit geschlossenen Augen. Für einen Moment versank ich in einem Abgrund von Geräuschen und Klängen. Stimmengewirr, Gläser- und Besteckgeklapper, Schritte, Gelächter, das weithin hallende Zuschlagen von Eisentüren, Martinshorn, Blitzlichtgewitter, »Das habe ich nicht gesagt! Nie!« und Salomes Gesang, das Zischen der defekten Espresso-Maschine.

»Hier, bitte!« Die dicke Lenssen setzte nicht nur einen Kaffee direkt vor meiner Nase ab, sondern auch ein Stück Apfeltorte mit Sahne.

»Ich esse so was nicht!« protestierte ich, während mir das Wasser im Munde zusammenlief. Es roch wunderbar.

»Dann geben Sie's nachher mir.«

Sie selbst hatte sich mit zwei Stück Sachertorte eingedeckt und schaufelte genüßlich die Schokoladendecke in sich hinein.

»Satte Menschen sind friedfertig!« bemerkte sie ironisch. »Essen Sie, essen Sie!«

Zögernd nahm ich die Kuchengabel und führte einen Bissen zum Munde. Es schmeckte köstlich. Mir fiel ein, wie lange ich nichts gegessen hatte, und es war, als wenn sie so etwas witterte.

»Wie lange haben Sie nichts gegessen? Na los. Danach spricht es sich besser.«

Arndt hatte ich ja auch noch vor mir. Vielleicht konnte ich das mit ihr als eine Art Probe ansehen.

Aurora Lenssen schluckte runter und eröffnete die Runde. »Sie sagen, Ziegler sei mit dem Kopf gegen den Tresen gefallen. Kann man daran so einfach sterben?«

»Das halte ich für kaum wahrscheinlich«, entgegnete ich zurückhaltend, »aber das ist die erste Variante der Polizei.«

Sie machte eine wegwerfende Bewegung, die beinah meine Kaffeetasse vom Tisch gefegt hätte.

»Lassen Sie die Faxen«, sagte sie ärgerlich. »Sie haben sie doch gesehen.«

Ich nickte. »Sie lag in einer großen Blutlache. Das kam nicht alles von einem Ritz an der Schläfe. Jemand wird sie mit etwas auf den Kopf geschlagen haben, bevor sie gegen die Kante da fiel.«

»Jemand, der ihr nicht fremd war. Den sie erwartete«, ergänzte die Lenssen. »Sie scheint sich ja nicht gewehrt zu haben.«

Während des makabren Dialogs aßen wir unseren Kuchen – ich zumindest mit dem Gefühl eines Menschen, der sich einer Sünde hingibt, die er sehr bald bereuen wird. Seit Jahren aß ich keine Süßigkeiten mehr.

»Was es auch immer war, ein Fleischklopfer war's diesmal nicht«, fuhr die Dicke fort. Ihre Tortenstücke waren fast verschwunden. Begehrlich schielte sie auf meinen Teller. »Nehmen Sie die Sahne? Nein? Ich darf doch...«

Sie langte mit der Kuchengabel herüber und stocherte in meiner Sahne herum.

»Lassen Sie das!« sagte ich ungehalten, und sie schnaufte beleidigt.

»Ist schon merkwürdig, daß Sie sich immer in der Nähe der Mordopfer aufhalten«, spann sie den Faden weiter.

Ich widersprach. »Stimmt nicht. Bei Freddy war ich nicht in der Nähe. Und wenn, dann habe ich geschlafen.«

»Ja, schon gut. Aber Sie haben als letzte Kordes lebendig gesehen, mit ihm geredet. Sie und Ziegler. Na ja, davon sind nur noch Sie übrig.«

Ihre hellen Augen waren auf mein Gesicht gerichtet, und ich blickte auf meinen Kuchenteller.

»Wie kam es denn, daß Sie sie gefunden haben?«

Ich erzählte ihr von der Pressekonferenz und der zischenden Kaffeemaschine im Büfettraum.

Aurora hörte nachdenklich zu.

»Zwei Kaffeetassen«, sagte sie. »Sie hat wirklich ihren Mörder erwartet. Spannend. Und Sie haben die Maschine ausgeschaltet. Mit dem Ärmel über der Hand? Wieso?«

»Ich wollte mich nicht am Dampf verbrühen.«

»Klar. Und dabei keine Fingerabdrücke hinterlassen, das kam dazu. Putzig. Haben Sie sich schon überlegt, was Sie mit der merkwürdigen Geschenksendung von gestern anfangen wollen?«

»Was soll ich da überlegen?« erwiderte ich. »Der Fleischklopfer liegt im Küchenfach, der Duschvorhang hängt wieder vor der Badewanne, wie es sich gehört. Die Verpackung ist in der Papiertonne entsorgt.«

»Sie haben das alles beseitigt?«

»Gereinigt«, verbesserte ich, »nicht beseitigt. Kommen Sie jetzt auch und wollen mir erklären, ich hätte Spuren verwischt? Es waren meine Sachen, ich habe sie an mich genommen und gesäubert.«

Die Lenssen sah mich an, als versuche sie, hinter meine Stirn zu gucken. Dann sagte sie, und das erste Mal, seit ich sie kannte, geriet sie ein bißchen ins Stottern: »Aber... aber vielleicht hätte eine Analyse ergeben, daß das gar nichts mit Kordes zu tun hatte. Vielleicht bloß ein saudummer Scherz und das Blut Schweineblut oder so und keine Fingerabdrücke von Ihnen...«

»Fingerabdrücke von mir in jedem Fall«, erwiderte ich. »Ich hab das Zeug doch angefaßt und benutzt. Also, was wollen Sie? Wollen Sie die Geschichte der Polizei erzählen? Das hätten Sie gestern machen sollen. Jemand hatte vor, mich zu erschrecken, das ist alles. Warum soll ich keine Feinde haben? Jeder hat Feinde.«

Sie stemmte sich mit den Händen hoch. »Also jetzt brauch ich...«, murmelte sie und stapfte in Richtung Theke.

Als sie zurückkam, mit dem nächsten Stück Sachertorte und

einem großen Whisky, erzählte ich ihr einfach von dem Anruf Zieglers und dem verpaßten Rendezvous im »Flicflac«.

Sie starrte mich an. »Wenn ich das bei der Polizei zu Protokoll gebe, sind Sie dran«, sagte sie.

»Das kann ich selber auch der Polizei sagen. Aber ich sag's *Ihnen*«, erwiderte ich.

Sie kippte ihren Drink.

»Halten Sie mich eigentlich für blöd?« fragte sie wütend. »Die ganze Zeit tun Sie so, als wenn Sie Kordes umgebracht haben.«

»Vielleicht stimmt das ja«, sagte ich mit lahmen Lippen.

Sie schniefte verächtlich durch die Nase.

»Wissen Sie, was mir auffällt? Sowohl Sie als auch Ihr kleiner großer Star wollen mich manipulieren. In eine bestimmte Richtung. Sie wollen, daß ich rauskriege – wenn ich überhaupt was rauskriege –, wer es nicht war, und nicht, wer es getan haben könnte. Komisch.«

Sie stopfte sich den Rest der Torte in den Mund. Mir war inzwischen übel von dem Süßen, das hatte ich ja geahnt.

»Dieser Kommissar, dieser Arndt«, fragte sie, »was ist das für einer?«

Ich zuckte die Achseln.

»Kann mir kein Bild machen«, erwiderte ich vage.

Sie sah vor sich hin und grübelte. »Er will mich sprechen«, erklärte sie. »Warum wohl? Ich kann die Polizei nicht ausstehen.«

»Vielleicht ist Ihnen Ihr Ruf als Amateurdetektivin vorausgeeilt«, mutmaßte ich boshaft.

Sie schlug mit der Hand auf den Tisch. »Ihr könnt mich mal alle!« sagte sie unverblümt. »Ich mach hier meine Arbeit, und gut. Jetzt beguck ich mir mit meiner Schönen erst mal unseren neuen Jochanaan.«

11

»Mit meiner Schönen!« Was sie sich herausnahm!

Ich sah auf die Uhr. Bis zum Termin mit Arndt hatte ich noch Zeit. Vorher mußte ich unbedingt noch einmal mit Belinda reden. Schließlich hatte sie nach mir verlangt. Und ich war ihrem Ruf nicht gefolgt, war hierhin und dorthin gehastet, war abgehalten worden und hatte mich selbst abgehalten. Und dann ihre Stimme da im Bauch des Theaters – oder hatte ich das nur geträumt?

In ihrer Garderobe war sie nicht. Nur ihr Tuch hing über dem Drehstuhl vorm Schminktisch. Ich drückte für einen Moment mein Gesicht hinein und atmete ihren lebendigen Duft, den kein Parfüm verfälschte.

Dann lief ich die Treppen hoch in mein Zimmer. Nichts.

Genausowenig in dem Raum mit dem Klavier neben mir, wo ich sie so oft ohne ihr Wissen bei ihrer mühevollen und verbissenen Arbeit belauscht hatte.

Auch die Probebühne war jetzt leer. Ich mußte sie verfehlt haben. Tränen der Enttäuschung in den Augen, wollte ich kehrtmachen und wieder zur Kantine gehen. Vielleicht war sie jetzt dort.

Dann hörte ich den »Tanz der sieben Schleier« aus dem Ballettsaal im vierten Stock.

Das war einer der Streitpunkte zwischen der Lenssen und dem GMD gewesen – Salomes Betörungstanz vor Herodes, dieser »antike Striptease«. Die dicke Frau hatte sich die Musik nur ein einziges Mal am Klavier angehört, mit der Stoppuhr in der Hand und ohne einen Kommentar abzugeben. Dann hatte sie erklärt, keinen Choreographen aus dem Haus zu brauchen. Sie würde mit Frau Tabeau eine andere Lösung finden.

Was sie auch taten. Sie kreierten eine höchst schockierende Variante, nachdem sie sich eine Woche lang in den Nachtclubs der benachbarten Messestadt herumgetrieben hatten. Belinda hatte, wie sie mir erzählte, von dem legendären Wüstenprinzen, der angeblich Aminas Vater sein sollte, die Anfangsgründe des Bauchtanzes erlernt. Aus beidem produzierten sie ein obszönes Gemisch, dessen Perversion vor allem aus Belindas Kinderkörper erwuchs, dem Rollen des schmalen Beckens und der trotz der Geburt knabenhaft gebliebenen Hüften, dem Kreisen ihres eher konkaven Bauches, der Zeichnung ihrer Rippen über dem extrem arbeitenden Solarplexus einer Atemkünstlerin, dem schnellen Wogen ihrer knochigen Schulterblätter – bis hin zum Finale, jener sekundenkurzen Ewigkeit, in der sie Herodes und den atemlosen Zuschauern auf gespreizten Fingern ihre rosig geschminkten Brustwarzen präsentierte, so, wie sie den Kopf des Jochanaan zu empfangen wünschte. Ein Tausch- und Handelsobjekt.

Die Lenssen hatte natürlich gewußt, was sie da für eine Mine scharf gemacht hatte. Darum wurde auf allen Durchlaufproben der Tanz ausgelassen, »um Frau Tabeau nicht zu überfordern«.

Tatsächlich war es die erste Orchesterprobe, auf der Mierenbusch mit dem Produkt konfrontiert wurde. Er dirigierte die sieben Minuten tapfer durch, diszipliniert, wie er war. Dann klopfte er ab, schob die Brille auf die Stirn und wandte sich zu dem dunklen Zuschauerraum um.

»Ach, Frau Lenssen, ich bitte ... ich würde ...«

»Ja, was denn?« kam es von dem Lichtrund des Regiepults.

Marianowski, der Assistent, beugte sich vor zu seiner Meisterin und dolmetschte: »Ich glaube, der GMD möchte, daß Sie zu ihm kommen«, und die Dicke zwängte sich aus der Reihe und bewegte sich in Richtung Orchesterbrüstung.

»Frau Lenssen, ich glaube, so geht das nicht«, sagte Mierenbusch mit stiller Verzweiflung. »Sehen Sie mal ...«

Die Regisseurin fiel ihm ins Wort. »Wieso?« fragte sie forsch. »Es paßt auf die Sekunde.«

»Auf die Sekunde vielleicht. Aber der Stil, dieser...«

»Ja?«

»Also was da passiert ...«

»Da passiert genau das, was im Stück zu passieren hat. Eine junge Orientalin versucht einen alten Herrn geil zu machen.«

»Aber was Frau Tabeau da vorführt – das hat doch nichts mehr mit der Musik zu tun, die Strauss komponiert hat.«

Die Dicke lehnte sich mit gekreuzten Armen über die Balustrade. Ihre großen Brüste zeichneten sich zur Freude der Orchestermusiker unterm lockeren Gestrick ihres Pullovers ab. Mierenbusch war etwas zur Seite gerutscht, wahrscheinlich, um der Wolke des Schweißgeruches auszuweichen, von dem sie bei der Arbeit immer umgeben war.

»Ach, wissen Sie«, sagte sie gemütlich, »was sich Opa Strauss damals so unter orientalischer Verführung vorgestellt hat Anno dunnemals, das wollen wir mal dahingestellt sein lassen. Wissen Sie was? Sie machen Ihrs, und ich mache meins. Ich red Ihnen ja auch nicht rein, wenn sich Ihre Geigen anhören wie mit der Drahtbürste gestrichen.«

Im Orchester erhob sich Gemurmel der Entrüstung. Sie lächelte nach unten. »Nicht gegen Sie gesagt, meine Herren!« Und entfernte sich.

»Weiter bei D wie Dora, meine Herren«, sagte der GMD mit belegter Stimme.

Natürlich wurde dieser Tanz mit seiner Reibung zwischen Musik und Szene zu einem der Highlights fürs Publikum. Diese Musik, freilich als Konserve, erklang jetzt aus dem Ballettsaal.

Also arbeitete Belinda, die Perfektionistin, zwischen den szenischen Proben auch noch an dem Tanz, weil ihr irgend etwas bei der Premiere nicht gelungen schien.

Ich öffnete die Tür gerade beim Crescendo.

Belinda, in Trainingskleidung, das Shirt unter der Brust lässig verknotet, barfüßig unter dem Trikot und den weißen Leggings, war gerade angelangt beim letzten rasenden Kreisen des Beckens und Schütteln der Hüften. Das Haar hing ihr vorm Gesicht. Ich wußte, wie sie in solchen Momenten aussah: die Lippen von den Zähnen zurückgezogen, die Augen schmal, auf den Wangenknochen einen Anflug von Röte.

Die Geigen kreischten auf.

Die Tanzende erstarrte in der Schlußpose und riß mit der Brutalität einer Besessenen den Knoten des Hemdes auf. Der Stoff knirschte. Ihre Brüste starren mich an, dargeboten auf der silbernen Schüssel ihre Finger. »Ich will den Kopf des Jochanaan...«

Sie warf ihr Haar mit beiden Händen nach hinten und sagte: »Gib mir mal das Handtuch da von der Stange.«

Ihr Atem ging rasch, die Muskeln unter den Rippen bewegten sich heftig auf und ab.

»Es klappt nicht. Ich darf nicht außer Atem kommen, sonst packe ich den Anschluß nicht.«

Sie trocknete sich Hals und Nacken, streckte wortlos die Hand nach der Wickeljacke aus Angorawolle, die sie sich um die Taille herum festband. Das Handtuch behielt sie im Nacken.

»Ich muß das jeden Tag machen, sonst habe ich keine Kondition.«

»Du wolltest mich sprechen...«

Sie fiel mir ins Wort. »Hat sich erledigt.«

»Elisabeth...«

»Hat sich Zinn schon gemeldet?« fragte sie und trocknete sich nochmals die Stirn.

»Nein«, erwiderte ich. »Ich habe mit der Sekretärin geredet. Zinn ist in Buenos Aires. Er meldet sich. Hast du gehört, daß die Ziegler...«

»Ja, sie ist tot. Alte Intrigantin«, erwiderte sie desinteressiert. Sie war an der Stange in Position gegangen und begann mit einer Reihe von Battements.

Ganz zu Beginn hier im Haus hatte sie eine winzige Partie zu singen bekommen, die Esmeralda in der »Verkauften Braut«, eine Zirkusakrobatin. Die ehemalige Leichtathletin hatte daraufhin ein klassisches Tanztraining angefangen, das mit einer Muskelzerrung endete, gerade als sie triumphierend berichtete, sie bekäme zumindest ihr linkes Bein an der Stange schon so hoch wie Maja Belinskaja, unsere damalige Primaballerina.

»Warum machst du das jetzt?« fragte ich gequält.

»Ich muß meine Muskeln langsam entspannen, abtrainieren«, sagte sie ruhig.

Sie hatte recht, aber ihre Attitüden und Pliés irritierten mich maßlos.

»Gib mir meine Schuhe.«

Ich nahm die Ballettschläppchen, kniete vor ihr nieder und streifte sie ihr über die Füße, erst rechts, dann links.

»Es ist ziemlich wahrscheinlich, daß dieser zweite Mord mit dem ersten in Zusammenhang steht, Elisabeth.«

Sie schwang ihr Bein aus der Hüfte gestreckt auf die Stange und begann sich nach vorn zu beugen.

»Möglich. Was geht mich das an? Ich probier Salome. Warum redest du nicht mit Aurora darüber?«

»Das hab ich schon.«

»Na, wunderbar.«

»Ja, meinst du denn, diese Frau sei das Allheilmittel gegen... Bloß weil du sie gebeten hast zu bleiben, ist doch nicht alles aus der Welt...«

Ich stockte. Einen Moment begegneten sich unsere Blicke.

»Ich habe dich heute mittag gehört«, sagte ich mit trockenem Mund. »Unten im Keller. Mit wem warst du dort?«

Sie nahm ihre Übungen wieder auf, präzis, zäh, anscheinend unermüdbar. Ahnte jemand außer mir, was für eine Kraft in diesem Wesen steckte?

Ich hörte sie sagen: »Ich im Keller? Sophie, du hast Tagträume, was? Ich hab die ganze Zeit nach der Szenenprobe hier gearbeitet.«

Sie strich sich wieder das Haar zurück. Von der Schläfe zur Stirn führte eine rußige Spur. Jetzt erst sah ich, daß auch an der Außenseite ihrer Leggings und an den Beinen das Trikots schwarze Spuren waren.

»Was ist das?« fragte ich.

Sie fuhr sich mit der Hand über die Schläfe und besah sich ihre Finger.

»Keine Ahnung«, erwiderte sie. »Dies alte Haus ist wirklich ein Dreckkasten. Nirgendwo wird vernünftig saubergemacht.«

12

Arndt empfing mich mit der sauertöpfischsten aller Mienen. Ich war zwanzig Minuten zu spät.

»Sie scheinen anzunehmen, daß ich meine Zeit gestohlen habe«, sagte er gestelzt. »Am besten lasse ich sie festsetzen, damit ich Sie immer zur Hand habe.«

»Was für Gründe?« fragte ich.

Er schielte an seiner Nase entlang. »Verdunklungsgefahr vielleicht?« schlug er vor.

Ich schwieg.

»Wir sind gerade dabei, den Computer der Intendanz zu überprüfen«, fuhr er schließlich fort. »Die Verstorbene hat ihn, wie unsere Fachleute festgestellt haben, auch für persönliche Dateien benutzt. Allerdings ist das Zeug verschlüsselt. Aber die Experten sind zuversichtlich. Alles ist nur eine Frage der Zeit. Vielleicht bringt das Licht in gleich beide Fälle.«

Alles nur eine Frage der Zeit.

Arndt hob die Augen von dem Stift, den er zwischen den Fingern drehte. »Frau Zieglers Telefon war zu entnehmen, daß sie gestern abend noch bei Ihnen angerufen hat. Was wollte sie von Ihnen?«

»Wir haben uns zum Einkaufen verabredet.«

Er machte sich eine Notiz. Dann hatte er eine weitere Frage.

»Wo waren Sie heute früh zwischen neun und elf?«

»Erst zu Haus. Frau Lenssen hat mich angerufen. Danach im ›Flicflac‹. Ich habe auf die Ziegler gewartet. Aber sie ist nicht gekommen.«

Arndt lachte gereizt auf. »Konnte sie ja wohl kaum. Hat Sie jemand gesehen im ›Flicflac‹?«

»Ja, die Bedienung bei ›Friends and Shopping‹. Ich hab da einen Mokkasekt getrunken.«

»Aha«, machte er.

»Geht Sie das was an? Der Mokkasekt ist das einzige, was man da genießen kann. Übrigens sind andere Leute um die Zeit schon beim Whisky.«

Mich traf ein Blick unter halbgesenkten Lidern hervor, während der Stift kritzelte.

»Ja, richtig, diese Regisseurin. Wie lange ist sie noch in der Stadt?«

»Donnerstag ist die nächste ›Salome‹«, erwiderte ich.

»Ich hab gehört, daß sie die Proben auf besonderem Wunsch von Frau Tabeau durchgeführt hat?«

»Da haben Sie richtig gehört.«

Er schien meinen Worten hinterherzulauschen.

»Ich weiß ja nicht, wie gut Sie mit Frau Lenssen stehen. Aber es würde nichts schaden, wenn sie weiß, daß es nicht überall gern gesehen wird, falls sie sich in Ermittlungen einmischt.«

»Das können Sie ihr doch selbst sagen, wenn sie zu Ihnen kommt.«

»Das wissen Sie also.«

»Ja, das weiß ich. Am Theater weiß man meistens alles.«

Er seufzte. »Es scheint so. Bis auf das Entscheidende. – Diese Regisseurin – der Bote, Herr Timmerling, gab an, daß sie ihn wegen eines Pakets befragt hätte, genau wie wir.«

»Ja und? Was ist mit dem Paket?«

»Genau das wollte ich von Ihnen wissen, Frau Gerber. Was war in dem Paket, das Ihnen Herr Timmerling am gestrigen späten Nachmittag vorbeigebracht hat?«

»Nichts, was Sie und Ihren Fall angehen würde«, entgegnete ich. Erstaunlich, wie weit simple polizeiliche Routineermittlung doch führen kann. »Es war nur ein Privatscherz.«

»Ein Scherz?«

»Ja, genau. Ein Scherz.«

»Sie sind also nicht bereit, mir zu sagen, was sich darin befand?«

»Warum sollte ich?«

»Frau Lenssen war zugegen, als Sie das Paket erhielten?«

»Ja«, entgegnete ich. »Aber sie kennt den Inhalt genausowenig wie Sie. Obwohl sie ihre Nase gern aus Neugier in meine Angelegenheiten stecken möchte.«

Arndt schwieg und schrieb. Ein Pedant, der Mann.

»Wir haben jetzt Erkenntnisse über Ihre Haustür, Frau Gerber«, kam als nächstes.

Erkenntnisse über meine Haustür? Du liebe Zeit!

»Es ist eindeutig, daß sie von innen eingeschlagen wurde.«

»Das ließ sich feststellen?«

»Ja, das ließ sich feststellen, so sorgfältig Sie auch alles beseitigt hatten. Was also bedeutet, daß der Täter im Haus war und daß sich der Mord an Kordes entweder in Ihrer Wohnung respektive in Ihrem Hausflur abgespielt hat oder daß Kordes von seinem späteren Mörder bedroht wurde, geflohen ist und von ihm auf der Straße oder am Fluß erreicht wurde.«

Ich schwieg. Das hatte ich schon mal von der Dicken gehört.

»Frau Gerber. Ich habe vorhin Herrn Benin verhört, den – wie heißt er doch im Stück? – Narraboth. Der war ja auch bei Ihnen. Dieser andere Mord, der an Frau Ziegler, hat alle sehr aufgewühlt. Herr Benin hatte zunächst Skrupel, gewisse Aussagen zu machen. Nun nicht mehr.«

»Na schön«, sagte ich. »Nehmen wir mal an, Freddy Kordes und ich, wir haben uns gestritten, betrunken, wie wir beide waren. Was schließen Sie daraus? Moritz Benin ist ja dann auch gegangen. Das entscheidende Stück Film fehlt Ihnen – und mir.«

»Ja«, sagte Arndt. »Jaja. Und vor allem fehlt uns ein Motiv. Weswegen mußte dieser Kammersänger dran glauben? Unsere Nachforschungen haben bisher nichts gebracht, das heißt, wir haben keinerlei dunkle Punkte in seinem Leben gefunden. Eine Bilderbuchkarriere. Der Mann war korrekt, konsumierte weder Alkohol noch Drogen, seine Bankauszüge enthalten keine verdächtigen Bewegungen, sein Leben war von seiner Kunst geprägt, sehr früh schon erhielt er diesen Titel Kammersänger. Hin und wieder eine Frauengeschichte, die stets ordentlich und romantisch beendet wurde. Keine großen Leidenschaften. Die einzige Unebenheit in dieser Biographie ist seine Liaison mit Frau Tabeau und gleich danach mit Ihnen. Nach Aussage der Kollegen paßte das eigentlich nicht ins Bild.«

Arndt pausierte. Ich tat ihm nicht den Gefallen, irgend etwas zu sagen.

»Unmittelbar nach Spielzeitbeginn hat er einen Urlaub von fast einer Woche genommen«, fuhr der Kommissar fort. »Das liegt schriftlich vor. In dem Büro, dem diese Frau Wildmüller vorsteht.«

»KBB«, sagte ich. »Künstlerisches Betriebsbüro. Dort gehen die Urlaubsscheine ein und werden dann genehmigt oder nicht.«

»Ja, ja gewiß. Also einen Urlaub in der Zeit, wo die musikalischen Proben zur ›Salome‹ schon auf vollen Touren liefen. Die Frau Wildmüller erinnert sich, daß der GMD sehr verärgert war und ihn um ein Haar nicht bewilligt hätte, weil er einiges umstellen mußte. Laut Urlaubsschein fuhr Kordes in irgendein Kaff in Süddeutschland.« Arndt blätterte in seinen Zetteln. »Gransweiler, glaube ich. Sagt Ihnen das was?«

»Vielleicht stammt er von da«, erwiderte ich. »Vielleicht wohnt dort sein altes Mütterchen.«

Ich war sehr auf der Hut.

»Vielleicht.« Der Kommissar legte die Hände gegeneinander. Er sah müde aus.

»Ich möchte Ihnen einen Vorschlag machen«, fuhr er fort. »Sagen Sie bitte nicht gleich nein. Es gibt Möglichkeiten der

Hypnose, um alkoholbedingte Amnesien zu überwinden. Wenn Sie sich einer solchen Prozedur unterziehen würden – natürlich freiwillig...«

Ich hatte mich schon erhoben. »Haben Sie sonst noch Fragen an mich, Herr Kommissar Arndt?« fragte ich.

Er seufzte. »Ich habe befürchtet, daß Sie so reagieren würden. Glauben Sie mir, es würde vieles erleichtern. Sie entlasten. Wir kämen weiter und...«

Den Rest hörte ich nicht mehr, weil ich die Tür bereits hinter mir zugezogen hatte.

◇

Draußen nieselte es. Typisches Wetter für diese Stadt in dieser Jahreszeit.

Ich schlug den Kragen hoch und zog den Kopf zwischen die Schultern. Einen Schirm hatte ich nicht dabei.

Laut Dienstplan war für Moritz Benin heute abend Vorstellung angesagt. Es gab eine Operette, die man anstelle der ausgefallenen »Bohème« ins Programm geschmissen hatte, eine Chance, noch im Freiverkauf an der Abendkasse Karten loszuwerden.

Als ich mich dem Theater näherte, sah ich zu meinem Erstaunen eine Menschenschlange unter Regenschirmen an der Vorverkaufskasse. Das hatte es seit der Wende kaum noch gegeben. So ein kleiner Mord – der zweite konnte ja noch gar nicht bekannt sein – frischte offenbar das Interesse der Städter an ihrem Opernhaus ungemein auf. H.P. durfte sich zu Freddys Tod gratulieren.

Moritz war noch nicht im Haus. Natürlich hätte ich ihn in seiner Wohnung aufsuchen können, aber alte Theatertradition hielt mich zurück. Man stört keinen Darsteller einer Hauptrolle am Nachmittag vor der Vorstellung. Basta. Egal, was ist.

Die Probebühne war erleuchtet. Sicher arbeitete die dicke Frau, Marianowski an der Seite, jetzt mit Belinda und dem neuen Jochanaan. Hoffentlich hatte die Wildmüller »bißchen was Nettes« gefunden, und sie mußten nicht mit einem betagten Kammersänger vorliebnehmen.

Es war für alles zu früh. Oder zu spät. Eben nicht zur rechten Zeit.

Trotz des Nieselregens beschloß ich, ein Gang am Fluß entlang zu machen, um meinen Kopf auszulüften. Ich trabte die Straße hinunter, ohne nach rechts oder links zu gucken, die Hände tief in den Taschen. Da war die Burg. Das Rauschen des Mühlenwehrs da unten übertönte meine Schritte.

Und dann mußte ich statt nach links, auf den Stadtring zu, doch nach rechts abgebogen sein. Jedenfalls fand ich mich auf einmal vor dem Haus mit dem verkommenen Vorgarten wieder, wo Fred Kordes gewohnt hatte.

Ich starrte zu den Fenstern hoch.

Ein schwacher Lichtschein drang durch das Altrosa der Vorhänge. Offenbar befand sich irgendwer da drin. Die Polizei vielleicht. Oder ein Verwandter, herbeigeeilt, um den Nachlaß zu sichten.

Mein Herz klopfte wild im Hals. Einen Augenblick war mir so, als wenn ich klingen sollte.

Aber was ging mich an, was in Freddys Wohnung geschah? Was ging mich Freddy überhaupt an?

Ich kehrte um. Mehr rennend als gehend, erhitzt und durchnäßt erreichte ich das Theater. Pförtner Hoppe warf mir einen prüfenden Blick zu. Für ihn war ich offenbar von einer mehr oder weniger belanglosen zu einer suspekten Person mutiert – hatte irgendwie mit zwei Morden zu tun!

»Sind Frau Lenssen und Frau Tabeau im Haus?« fragte ich, um überhaupt etwas zu sagen.

Er ließ sich Zeit mit der Antwort.

»Frau Lenssen ist nicht im Haus«, sagte er dann nörglerisch.

»Wieso?« fragte ich. »Ist denn keine szenische Probe?«

Hoppe zuckte die Achseln. Ich ging zum Probenplan. Lenssen war eingetragen. Entweder irrte sich der Pförtner, oder die

Dicke überließ es Marianowski, die Einweisung des neuen Jochanaan zu übernehmen.

Auf dem Weg zu meinem Zimmer sah ich Licht durch die Glastür vom Künstlerischen Betriebsbüro schimmern, klopfte und trat ein.

Astrid Wildmüller saß am Telefon und zog die Rechte mit dem Stift aus ihrem rötlichen Lockenschopf, um mir ein Willkommen zuzuwinken. Wenn sie sich in den Haaren herumwühlte, bedeutete das, daß es ein Problem gab. Beschwörend sprach sie auf die Partnerin am anderen Ende der Leitung ein: »Bitte seien Sie so gut, Frau Kollegin! Schauen Sie, ob sich was zusammenschieben läßt! Sie wissen doch, daß wir Ihnen auch immer entgegenkommen! Ja, wir brauchen ihn am neunundzwanzigsten. Und am ersten, das ist eine Vorstellungsserie, da kommen noch mal wichtige Leute.« Offenbar handelte sie die »Salome«-Termine mit dem Theater des neuen Jochanaan aus. »Ja bitte. Das wäre lieb. Sehen Sie nach.«

Für einen Moment legte sie die Hand über die Sprechmuschel.

»Was kann ich für Sie tun, Frau Gerber?«

»Die Zeitungen«, sagte ich. »Ich suche die Zeitungen.«

Für gewöhnlich landete die Presse im Intendanzbüro, aber es war möglich, daß das KBB dergleichen in Zieglers Abwesenheit übernahm. Ich hatte Glück. Die Wildmüller wies mich mit einer Bewegung ihres Kinns in den Nebenraum. Die Zeitungen lagen da, wild durcheinander, diejenigen, von denen man annehmen konnte, daß sie schon berichtet hatten, obenauf und mit den entsprechend gewendeten Seiten, also die Regionalblätter. Die großen hoben sich einen Report wie den über unsere »Salome« für den Freitags- oder Wochenendteil auf.

Ich sah kurz durch, was es so gab. Außer unserem Heimatblatt hatte keine andere Gazette Kritik und Mord in Verbindung gebracht. Das war dem Genie Arwed Schmitz zu verdanken. Die Kritiken standen brav unterm Strich, der Mord war als kurze Notiz im Vermischten zu finden, mit Hinweis auf genaue Berichterstattung demnächst.

Ich raschelte mit dem Papier.

Die Wildmüller war auf der Höhe. »Vielleicht kann ich Ihnen entgegenkommen, wenn ich die Probenzeit so verkürze, daß Herr Pent morgen zur Abendvorstellung ... Ja, natürlich zahlen wir das Flugticket ...« Sie lachte. »Ich denke, er ist zu Proben im Haus. Da werde ich gleich mal Ihretwegen stören. Darf ich Sie zurückrufen, liebe Kollegin?«

Der rotblonde Schopf erschien in der Tür. Die Schlüssel rasselten. »Ich muß eben mal fort ...«

»Sie schließen mich einfach ein«, schlug ich vor. »Ich möchte das hier noch zu ende lesen.«

Astrid Wildmüller lächelte. »Ich hab einen besseren Vorschlag. Da ich eigentlich gar nicht weg darf, übernehmen Sie solange das KBB. Bei Telefonaten notieren Sie bitte die Nummer. Ich rufe zurück. Der Rest soll warten.«

Das Schlüsselbund klapperte mit ihr nach draußen.

Ich trat an ihren Platz; ich hatte dort den Karteikasten mit den Urlaubsscheinen stehen sehen. Unter Tabeau gab es nur einen einzigen: Crannweiler. Sie hatte ihn ungefähr eine Woche vor Alfred P. Kordes eingereicht.

Eigentlich mußte man auf Urlaubsscheinen einen Grund angeben. Beide hatten es versäumt, und keiner hatte nachgefragt. Vielleicht kannte H. P. den Brauch nicht und zeichnete einfach ab.

Ohne nachzudenken, steckte ich den Zettel in die Tasche und hatte noch Zeit genug, mich wieder bei den Zeitungen zu plazieren, bis Frau Wildmüller angeklappert kam.

»Na also!« sagte sie fröhlich. »Unmögliches erledigen wir sofort, Wunder dauern etwas länger.« Es war der übliche Spruch. »Besondere Vorfälle?«

»Keine, Ma'm«, erwiderte ich in ihrem Ton. »Danke fürs Blättchenblättern.«

Sie winkte, während ihre andere Hand schon wieder am Telefon herumtippte. »Wildmüller noch mal. Alles, wie's sein soll ...«

Ich ging hinaus und schnurstracks auf die Damentoilette. Dort riß ich Elisabeth Tabeaus Urlaubsschein in viele kleine Fetzen und spülte sie in die Kanalisation. Keiner hätte mich fragen dürfen, warum.

◇

Ich hatte Hunger, aber fürchtete mich vor dem Weg in die Kantine. Jedoch das Theaterrestaurant, als Begegnungsstätte von Künstlern und Publikum geplant, mußte schon geöffnet haben. Die Künstler freilich gingen nicht hin, und so stillten dort einfach die Besucher vor oder nach der Vorstellung ihren Hunger.

Man konnte auch durchs Foyer gehen, aber wahrscheinlich wegen der Vorkommnisse von heute waren die Sicherheitsmaßnahmen voll in Kraft und die Stahltür verschlossen. Hörnlein, der den Schlüssel hatte, war nicht an seinem Pult. Also ging ich noch einmal in den Regen hinaus.

Die Schlange an der Kasse stand immer noch. Das Restaurant war leer. Ich bestellte Sandwich und einen Tee, obwohl ich wußte, daß sie nur schreckliche Aufgußbeutel benutzten. Mein Haar triefte von Nässe. Mir war kalt, aber mein Kopf glühte. Bei all den Laufereien draußen hatte ich mir wahrscheinlich eine Erkältung zugezogen.

Das Personal hinterm Tresen warf Blicke zu mir herüber und tuschelte. Man hatte sich wohl über mich kundig gemacht. Die mit den Leichen. Vorher war ich die mit der Tabeau gewesen. Irgendwas war ich immer.

Die ersten Besucher der Abendvorstellung, die noch in Ruhe speisen wollten, betraten das Lokal.

Ich zahlte und ging zurück ins Haus.

Moritz Benin sei in der Maske, teilte mir seine Garderobiere mit. Falls ich warten wolle – bitte.

Ich setzte mich in den Besuchersessel, in dem sonst Petko zu hocken und seinem Freund Gesellschaft zu leisten pflegte, falls er nicht selbst zu tun hatte. Müßig starre ich vor mich hin. Die Garderobiere, eine rundliche Person Mitte Vierzig, nähte an einem Kostüm die Pailletten fest. Ich kannte sie vom Gutentagsagen. Sie mußte so lange wie ich am Haus sein. Für ihr Schweigen war ich ihr dankbar; dies war nicht unbedingt eine der Tugenden des Menschenschlages in dieser Gegend.

Als Moritz mich sah, zuckte er sichtbar zusammen. Er war eine ehrliche Haut. Verlegen trat er von einem Fuß auf den anderen, wandte sich dann an die Garderobiere: »Ich glaube, ich muß mit Frau Gerber alleine ... Ja, danke, Idchen. Is gut.«

Die Frau verließ uns wortlos.

Moritz wandte mir den Rücken zu. Im Spiegel sah ich, daß er an seiner Lippe nagte. Offenbar war ihm mein Besuch mehr als peinlich.

»Du hättest dir denken können, daß ich komme«, sagte ich.

Er nickte stumm. In seinem pseudo-ungarischen Kostüm mit dem weitärmeligen Hemd, den knappsitzenden Hosen und den Chromlackstiefeln sah er hinreißend aus. Die Langhaarperücke gab ihm exotischen Zauber.

»Du bist ganz naß«, murmelte er, nahm das Handtuch vom Haken und begann mir behutsam das Haar abzutrocknen. Seine Berührung tat mir wohl. Ich mußte mich sehr zusammennehmen, um mich nicht fallenzulassen in diese Beinahliebkosung. »Du mußt mir einfach verzeihen«, fing er an, während er meine Schläfen massierte. »Ich weiß, ich hatte es versprochen, aber Petko hat gemeint, nach der Sache mit Ziegler geht das nun nicht mehr. Ziegler war schließlich mal eine Kollegin gewesen, und das ganze Corps de Ballett ist aufgebracht und traurig. Alle wollen, daß der Mörder gefaßt wird.« (Oder die Mörderin, dachte ich.) »Petko hat gemeint, die Polizei muß einfach die Wahrheit erfahren, damit die richtigen Schlüsse gezogen werden. Wir wollten dich natürlich in keiner Weise belasten, das weißt du. Aber nun ...«

Ich unterbrach ihn. »Ich habe niemals von dir erwartet, daß du was verschweigst, und schon gar nicht erbeten. Du mußt dich nicht entschuldigen, Moritz. Aber sag mir, was du diesem Arndt erzählt hast. Wenigstens das. Damit ich denn auch weiß, um was es geht.«

Moritz hängte das Handtuch über die Trockenhaube. Unsere Blicke trafen sich im Spiegel.

»Du erinnerst dich wirklich nicht?« fragte er halblaut.

Ich schüttelte den Kopf. »Ich schwöre«, sagte ich.

Benin nahm vor seinem Tisch Platz und begann sein Gesicht abzupudern. Das tat er immer, nachdem er in der Maske geschminkt worden war. Er behauptete, die Konturen seien sonst zu scharf.

»Alles begann damit, daß wir in dies Video von ›Salome‹ reinguckten, ein paar ausgewählte Stellen, und du fingst an zu weinen. Elisabeth war sehr gut in diesen Passagen. Du sagtest ständig: Sie wird fortgehen, sie wird fortgehen. Und das ist ja nun wirklich vorprogrammiert, Sophie, so gut, wie das Mädchen ist, mit ihrer Stimme von Mezzo bis Dramatisch, und so jung und schön. Und Fred saß da und grinste und sagte: Fortgehn wird sie schon, fragt sich nur, wann und wohin. Und dann hatte er eine andere Video-Kassette und verlangte, daß wir uns die ansehen sollten. Wir würden eine Überraschung erleben. Ich mußte aber mal dringend verschwinden und bin raus. Als ich zurückkam, war die Hölle los.

Du warst furchtbar wütend und hast Fred angeschrien, er sei ein gottverfluchter Intrigant und du würdest Mittel und Wege finden, das zu verhindern, was er vorhätte – und wenn du ihm den Kopf einschlagen müßtest.

Freddy war ja auch schon ziemlich blau. Er bekam einen Lachanfall und hüpfte auf einem Bein herum und sang immerzu: ›Ach, wie gut, daß niemand weiß, daß ich Rumpelstilzchen heiß.‹ Ich meine, er hat dich schon ziemlich provoziert. Und da bist du ganz entsetzlich ausgeflippt, Sophie. Hast ihn eine betrügerische Ratte genannt, einen Karriere-Reiter, der sich in Elisabeths und dein Leben eingeschlichen hat, um zu schmarotzen, und ein ekelhaftes Stück Dreck. Und dann bist du auf ihn losgegangen und hast erklärt, du würdest ihn umbringen. Wir mußten dich festhalten.«

Ich sah vor mich hin.

»Hab ich auch gesagt, wie ich ihn umbringen will?« Meine Stimme klang tonlos.

Moritz schüttelte den Kopf. Er sah furchtbar traurig aus.

»Ziegler und ich, wir haben dich schließlich beruhigt.« Er lächelte verlegen. »Na ja, eigentlich kippte das ja dann, und du wolltest mit Fred ins Bett. Wir haben dich erst mal zu den Backhausens in die Küche geschickt, für euch einen Kaffee zu machen. Und Freddy stand da und lachte immer noch so komisch. Mir war das unheimlich, Sophie, und ich wollte dann auch nach Haus, wegen Petko, damit der nicht aufs leere Nest kommt. Ziegler meinte, sie hätte alles im Griff und ich könnte ruhig gehen. Und die Backhausens waren ja auch noch da. So hab ich mir denn von Ziegler aufschließen lassen.«

»Hat sie hinter dir zugeschlossen?«

Moritz runzelte die Stirn. »Ich weiß nicht«, sagte er zweifelnd. »Wirklich nicht. Mir ging das immerzu im Kopf rum mit Freddy und dir und Elisabeth, und ihr tatet mir alle so leid – alle, auch Freddy irgendwie. Da hab ich nicht drauf geachtet... oder doch... warte mal! Ziegler meinte: Na, Backhausens werden ja bestimmt auch nicht länger bleiben, hier in diesem Tollhaus, da kann ich ja auch gleich offenlassen.«

Wir sahen uns wieder im Spiegel an.

»Und diese Kassette? Die von Freddy? Was war denn da drauf?«

Moritz schüttelte den Kopf. »Wenn die überhaupt wer angeguckt hat, dann höchstens Ziegler. Und du.« Er zuckte die Achseln. »Mehr weiß ich nicht, Sophie. Wirklich nicht. Und das hab ich auch in groben Zügen diesem Arndt erzählt. Entschuldige bitte.«

»Ist ja korrekt«, sagte ich müde.

Durch den Theaterlautsprecher kam die erste Zeitansage. Moritz stand auf.

»Du, sei mir nicht böse, aber...«

»Ich weiß. Du mußt dich noch einsingen.«

Moritz küßte mich auf die Stirn, »Ich hoffe, alles wird gut«, murmelte er schuldbewußt. Dann war er draußen, und ich hörte ihn den Flur entlangträllern: »Als flotter Geist und früh verwaist hab ich die halbe Welt durchreist...«

Seine Garderobiere kam wieder, sie mußte direkt vor der Tür gewartet haben, und gab mir durch eifriges Herumkramen zu verstehen, daß ich hier nicht mehr erwünscht war. Ich erhob mich aus dem Sessel, meine Glieder waren schwer wie Blei.

»Danke schön, Idchen. Und schöne Vorstellung.« Sie nickte mir zu.

◇

Nie war mir die Treppe zu meinem Zimmer so schwergefallen. Ich werde krank, dachte ich. Schöne Bescherung. Als wenn ich mir das jetzt leisten könnte.

Irgendwie mußte ich Eva Backhaus erreichen. Es war kaum anzunehmen, daß sie sich heute abend im Haus befand. Trotzdem klingelte ich ihr Zimmer an. Zu meinem Erstaunen meldete sie sich sofort.

»Was, du? Dir haben wohl die Ohren geklungen!«

»Wieso?« fragte ich matt.

»Ich erzähl gerade den Kolleginnen, was man mir auf der Polizei für dämliche Fragen gestellt hat!« Ihre Stimme klang verärgert. »Also wenn es nach diesem Arndt geht, dann hast du ja womöglich Fred Kordes im Suff erschlagen! So was Bescheuertes!«

»Eva«, sagte ich, »ich war ziemlich weggetreten den Abend. Macht es dir was aus, wenn du mir jetzt einfach mal sagst, was war?«

Die Backhaus lachte gereizt auf. »Okay, okay, ich erzähl alles gern noch mal. Was sich bei dir im Zimmer abgespielt hat, davon hab ich nämlich keine Ahnung. Das war mir alles schon zu chaotisch. Ich bin mit Hein in die Küche gegangen, um Kaffee zu kochen und – na ja, wir sind ein bißchen ins Schmusen gekommen. Du weißt doch, seit Billa aus dem Haus ist, herrscht bei uns Minnesangs Frühling.« Sie kicherte. »Dann bist du reingeplatzt – das heißt, Moritz hat dich gebracht, glaube ich. Wir – wir waren einfach nur gestört, falls du verstehst, was ich meine. Und der Kaffee war ja auch schon fertig. Du hast am Tisch gesessen und geheult und gemurmelt, daß du Freddy umbringen willst. Was man so an Blödsinn erzählt im Suff und aus Liebeskummer. Übrigens, du hattest da nicht mehr soviel an. Entweder warst du schon mit wem im Bett gewesen, oder du wolltest erst – entschuldige bitte. Wir haben versucht, dich zu beruhigen, und du hast nach Gegenständen gesucht, mit denen du Freddy den Garaus machen kannst, und Hein fand es eigentlich putzig, daß du gar nicht auf Messer gekommen bist, sondern an 'nen Mörser und 'n Fleischklopfer gedacht hast.«

»Fleischklopfer?«

»Ja. Hast ihn auf den Tisch des Hauses gepackt. Und dann kam das süße Mäuschen, die kleine Stumme von der Tabeau, wie heißt sie doch?«

»Was, Amina war wach?«

»Offenbar war das ganze Woolling selbst 'ner Tauben zuviel. Sie stand da in ihrem rosa Hemdchen und guckte dich mit großen Augen an, und wir haben sie zurückgebracht in ihr Zimmer. Und danach dich ins Gästebett gesteckt. Das andere Zimmer war ja noch besetzt. Und dann sagte Hein: ›Komm, Eva, ich weiß mir was Besseres, als hier die Querelen von diesen Verrückten aussitzen‹ – entschuldige, Sophie.«

»Ist schon gut. Hat euch Ziegler rausgebracht?«

»Nein, das heißt, doch. Sie glaubte, sie hätte hinter Moritz offengelassen. Aber dann war unten doch zu, und Hein mußte noch mal hoch und sie holen. Das beste wäre ja gewesen, sie wäre gleich mit uns mitgekommen. Aber nein. Sie mußte ihre Nase ja wirklich in alles stecken. Sie sagte, Fred hätte ein interessantes Angebot.«

»Ein interessantes Angebot? Was hat sie damit gemeint?«

»Sophie, ich habe keine Ahnung, ehrlich nicht, und es ist mir auch total Wurst. Die ganze Chose ist mehr als lästig, und ich hoffe bloß, daß du dich da mit Anstand rausziehen kannst.«

»Ja«, sagte ich. »Das hoffe ich auch. Danke, Eva.«

Sie hatte nicht einmal so geklungen, als wenn sie mich im Ernst für verwickelt in die Sache hielt. Sie war immer ein bißchen barsch und geradezu. Sie hatte einfach bloß genug von Polizeiverhören – und von mir.

Ich legte meinen Kopf auf die Arme. Amina! Das Kind war also irgendwann wach gewesen, hatte vielleicht Dinge gesehen... Ja, was für Dinge? Auch die Enthüllungen von Benin und Eva Backhaus vermochten in mir keinen Funken der Erinnerung zu wecken. Und selbst, wenn ich mich erinnert hätte – wozu sollte es helfen? In einem merkwürdigen Dämmerzustand zwischen Schlaf und Wachen kreisten meine Träume und Vorstellungen um Amina, dies Kind, dem ich vielleicht mehr Mutter war als Belinda, für die das Mädchen immer fremd blieb, zeitraubend und störend.

Ich fuhr auf, weil mich jemand unsanft am Arm rüttelte. Vor mir stand die dicke Frau und sah mich mißbilligend an.

»Was ist mit Ihnen?« fragte sie. »Sind Sie krank? Hier kann man das ganze Haus zusammenklopfen, ohne daß Sie sich überhaupt regen.«

Langsam versuchte ich, aus den Nebeln der Traumbefangenheit aufzutauchen. Ich sah auf meine Uhr. Es war schon nach neun.

»Wo ist Elisabeth?« fragte ich.

»Ja, das ist die einzige Frage, die Ihnen einfällt, wann immer Sie mich sehen«, sagte die Lenssen unliebenswürdig. »In ihrem Bett, vermute ich, wenn sie vernünftig ist angesichts der Arbeit, die uns bevorsteht, und hoffentlich aus dem gleichen Grund auch allein. Im übrigen darf ich Sie versichern, Frau Gerber, daß mein Interesse an Ihrer Freundin ein rein berufliches ist. Ich will sie weder ver- noch entführen und bin auch nicht so was wie ihre Amme, die sie auf allen Wegen betreut. Mich hat da lediglich etwas gereizt. Nennen Sie's, wie Sie wollen: ein Staunen vor einer phänomenalen Begabung zunächst, vielleicht auch so was wie – verdammt noch mal, ja –, wie Ehrfurcht davor, daß man so schön und genial begabt sein kann, so arbeitsbesessen und dabei so kindisch. Ja, nennen wir's kindisch. Und darum habe ich mich jetzt zu einer Sache bereit erklärt, die ich schon mächtig bereue. Denn, wie ich schon sagte, ich glaube, man will mich zu was benutzen, und das sehe ich nicht so gern. – He, hören Sie mir eigentlich zu?«

Ich sah vor mich hin. Der Raum verlor zwischenzeitlich seine Form und gestaltete sich dann wieder neu. Ich mußte mich mit den Händen an der Tischkante festhalten.

»Mir ist, als habe Fieber«, sagte ich.

Sie legte mir die Hand auf die Stirn. »Ganz bestimmt«, erklärte sie. »Also wissen Sie, meinen Sie im Ernst, Sie können sich im Moment so was erlauben?«

»Eigentlich nicht.«

»Hm.« Sie musterte mich mit ihren hellen Augen, und wieder einmal hatte ich das Gefühl, als solle ich in eine Szene eingearbeitet werden – nah oder Halbtotale? »Ich muß mit Ihnen über vieles reden. Also reißen Sie sich zusammen. Gehn Sie in den Duschraum und machen Sie sich frisch, und dann führe ich Sie wohin. Und danach sind Sie entweder völlig außer Gefecht oder wieder gesund.«

Selbst wenn ich gewollt hätte – mir fehlte jetzt einfach die Kraft zum Widerspruch.

Mit unsicheren Schritten ging ich in den Waschraum und kippte mir Hände voll Wasser ins Gesicht. Es half. Die Welt stand wieder gerade. Ich steifte den Nacken, Schultern runter, Kinn hoch, tief und ruhig durchatmen. Pastor Gerber hatte seinen Töchtern beigebracht, wie man Haltung bewahrt.

»Na, sehen Sie«, empfing mich die dicke Aurora. »Sie wirken schon viel besser, obwohl Sie immer noch aussehen wie Weißbier mit Spucke«, fügte sie unbarmherzig hinzu.

Wir verließen zusammen das Theater. Aus den Lautsprechern tönte gerade das schmelzende Liebesduett zwischen Safi und dem Zigeunerbaron.

»So ein Scheiß, da rennen die Leute hin«, sagte die Lenssen verächtlich.

In deinen Scheiß rennen sie ja auch, dachte ich.

Die Nachtluft tat mir gut. Es hatte aufgehört zu regnen, und ein leichter Wind kühlte mein noch immer erhitztes Gesicht. Wir schlugen den Weg vom Theater zum Fluß ein, den ich heute schon einmal genommen hatte. Die Burg ragte gespenstisch gegen die ziehenden Wolken. Bisher hatte noch keine von uns ein Wort geredet.

Am Fluß bogen wir nach rechts ab. Als wir uns Freddys Wohnung näherten, blieb ich wie angewurzelt stehen und griff nach dem Arm der Lenssen.

»Das Licht!« hauchte ich.

Das Licht, das ich am Nachmittag gesehen hatte, brannte noch immer hinter den Vorhängen.

»Tatsächlich«, sagte die Dicke ruhig. »So was darf einem wirklich nicht passieren. Schusseltrine, die ich bin. Warten Sie hier auf mich. Nicht weglaufen, nein?«

Sie verschwand in der Haustür, die sich unter ihren Fingern geräuschlos öffnete.

Ich sank auf die steinerne Umfassung des Vorgartens und starrte vor mich hin. Abgesehen davon, daß ich mich sowieso nicht in der Lage fühlte davonzulaufen, wollte ich nun wissen, was da vorging. Meine Zähne schlugen aufeinander. Das Licht oben verlosch, und kurz danach tauchte Aurora Lenssen wieder im Hauseingang auf, trotz ihrer Körperfülle so leise wie ein Geist.

»So«, sagte sie munter, »nun kann's weitergehen.«

»Wie soll ich das verstehen?« fragte ich, während ich neben ihr her lief.

»Ganz einfach«, erwiderte sie. »Ich war heute nachmittag da oben. Hab meine Probe, wenigstens zum Teil, von Marianowski machen lassen und für Elisabeth etwas gesucht. Sie selbst traute sich nicht.«

»Aber wie...«

»Meine Güte, Frau Tabeau hatte noch ein Schlüsselbund ihres alten Liebhabers. Bei anderen Leuten tauchen doch auch die Schlüssel in fremden Handtaschen auf, nicht wahr?«

»Woher wissen Sie...«

»Ich hab Ohren, Verehrteste, und dieser griesgrämige Bulle quatscht auch mehr, als er denkt. Alle Leute reden gern. Man muß nur hinhören.«

»Aber ist die Wohnung nicht versiegelt?«

Die Lenssen schnaubte verächtlich durch die Nase. »Klar war sie versiegelt. Aber was daran schwer sein soll, so 'n Siegel zu entfernen und wieder anzubringen, das möchte ich mal wissen. Da gibt es wirklich kompliziertere Übungen. Freilich, daß ich das Licht angelassen habe, das war ein unverzeihlicher Lapsus. Bloß, keiner interessiert sich für Freds Wohnung, denke ich mir. Es wird außer Ihnen niemandem aufgefallen sein.«

»Möglich«, sagte ich. Meine Stimme klang gepreßt. »Und haben Sie gefunden, was Elisabeth haben wollte?«

»Kein Problem«, erwiderte sie, »und vielleicht können Sie mir nachher ein bißchen auf die Sprünge helfen, warum sie unbedingt wollte, daß das verschwindet.«

Ich trabte neben ihr her, aufgeregt und zutiefst verletzt. Warum mußte sich Belinda dieser hergelaufenen Filmfrau mit dem zweifelhaften Amateurdetektiv-Image ausliefern? War da irgend etwas, was ich für sie nicht gemacht hätte, auch ungebeten? Ich dachte an den Urlaubsschein für Crannweiler und schluckte.

Wir hatten inzwischen die Gegend der Mietshäuser verlassen und den Teil der Uferpromenade erreicht, an der sich die großen Gründerzeitvillen einstiger Fabrikanten und Unternehmer befanden. Sie wurden kommunal verwaltet, in ihnen befanden sich Kindertagesstätten oder städtische Büros, und Geld für Renovierungen war nicht vorhanden. Einige wenige aber waren sehr schnell in die Hand von Alteigentümern rückgeführt worden, und diese Gebäude wurden meist gerade renoviert. Auch hier Baugerüste, wie allüberall in dieser Stadt.

»Wohin gehen wir?« fragte ich.

Die dicke Frau lachte glucksend. »Hab ich Ihnen doch gesagt. An einen Ort, wo sie entweder sofort alle viere von sich strecken oder gesund werden – in die Sauna.«

13

Die Villa hatte einem ehemaligen hohen Staatsfunktionär als Wohn- und Repräsentationsbau, wie es so schön hieß, gedient und war sofort nach der Wende an seinen Besitzer, einen Zahnarzt aus Wuppertal, zurückgegangen. Der nun hatte nichts Eiligeres zu tun gehabt, als das ganze Ding umzubauen und eine Art exklusiven Nachtklub daraus zu machen, der erst ab 21 Uhr öffnete und zu dessen Attraktionen auch eine Sauna mit angrenzendem Swimmingpool gehörte. Natürlich hatte die Fama der sensationslustigen Provinzstadt dem Unternehmen sofort den anrüchigen Leumund eines Sündenbabel verpaßt, den es auch dann nicht loswurde, als längst ganz andere und absolut eindeutige Etablissements in der Innenstadt wie Pilze aus dem Boden schossen.

»Keine Angst«, sagte die Lenssen. »Wenn es hier wirklich mal hoch hergehen sollte, dann erst ab Mitternacht. Dann taucht hier schon mal ein Geschäftsmann mit seiner Hosteß auf und schließt nach der Entspannung bei Champagner mit einem anderen Geschäftsmann nebst Hosteß eine lockere Vereinbarung ab, die er zunächst unter vier Augen im Saunadampf verabredet hat. Aber um diese Zeit ist hier noch Friedhofsruhe, und darum hat die rührige Geschäftsleitung beschlossen, von

21 Uhr bis 23 Uhr ganz normalen Betrieb einzurichten. Montags, mittwochs und donnerstags ist Damenbad. Also kommen Sie.«

Offenbar war die dicke Frau in der Zeit, in der sie die »Salome« inszenierte, hier Stammkundin geworden. Jedenfalls wurde sie mit Handschlag begrüßt und beim Namen genannt.

Wir zahlten, unsere Kleidung wanderte ins Schließfach und wir bekamen eine ums Handgelenk zu befestigende Marke, einen Bademantel und ein Sortiment flauschiger Tücher. Mit dieser Ausrüstung versehen, wurden wir ins Innere entlassen.

Mit einer Ungeniertheit, um die ich sie fast beneidete, führte die Lenssen ihren umfangreichen Körper vor. Ihre üppigen Formen versetzten nicht sie, sondern mich in Verlegenheit.

»Tun Sie nicht so verschämt«, sagte sie unter der Dusche.

»Gucken Sie mich ruhig an. Das ist übrigens alles festes Fleisch. Gut erhalten und gut gepflegt.« Ich war zu nervös und fühlte mich zu elend, um mich gebührend über ihr Geschwätz zu ärgern. »Kommen Sie«, fuhr sie fort und drehte den Wasserhahn zu, auch den bei mir, ohne mich zu fragen. »Haben Sie Saunaerfahrungen?«

»Schon«, erwiderte ich. »Aber das ist eine Weile her. Ich hatte nie Zeit.«

»Ausreden«, sagte sie resolut. »Wer einmal Blut geleckt hat, kann davon nicht lassen. Rein ins Vergnügen, los!«

Sie riß die Tür auf und stieß mich fast in die Höllenhitze hinein. Ich schnappte nach Luft.

»Wunderbar!« stöhnte sie und drehte die Sanduhr um. »Setzen Sie sich vorerst nach unten. Wie ich mir gedacht habe – kein Mensch hier. In der Sauna entspannt sich der Körper und öffnet sich der Geist.«

Sie breitete eins ihrer Handtücher auf der obersten Bank aus und streckte sich darauf mit einem wohligen Stöhnen, die Arme über den Kopf gehoben.

Für eine Weile war es still, nur das Knistern des Saunaofens war zu hören, und hin und wieder ein leises Knacken des duftenden Fichtenholzes der Wandverkleidung. Die Hitze umgab mich wie ein Kleid. Erst hatte ich Mühe, Luft zu holen, aber dann wurde mir das Atmen spürbar leichter. Ich schloß die Augen.

»Also«, vernahm ich die Stimme der Lenssen über mir, »am besten, wir fangen mit Ihnen an. Haben Sie Fred Kordes umgebracht?«

»Ich weiß es nicht«, sagte ich benommen.

»Ich weiß es auch nicht, aber ich denke, nein«, dozierte die Dicke von oben.

»Was Sie denken...«

»Was ich denke, hat Hand und Fuß, Verehrteste. Ich zähle einfach eins und eins zusammen. Für mich ist das entscheidende Argument gegen Ihre – wie heißt es doch so schön – Täterschaft der Tod von dieser Intendanzsekretärin.« Sie schöpfte nach Luft. »Ich weiß, daß Sie auch bei dieser Leiche auftauchten, hat Sie bei den meisten Leuten besonders suspekt gemacht. Für mich wird andersrum ein Schuh draus. Erstens, wenn Sie diese Person umgebracht hätten, wären Sie wahrscheinlich nicht so dumm, sich ausgerechnet neben sie zu stellen und zu schreien: Ach, jetzt ist die auch tot! Und zweitens haben Sie ein Alibi. Sie haben mit mir telefoniert, und Sie waren in diesem aufgemotzten Einkaufs-Center, wie heißt es doch – na, ist ja egal.

Nun hat der Meisterdetektiv herausgefunden, daß die Tür von innen aufgebrochen wurde, daß also die Person, die mit Freddy lebend oder tot entwichen ist, schon im Haus war. Bene. Da waren also in einer Wohnung die Gerber und der Kordes, Benin, die Backhaus und ihr Mann und Ziegler. Noch besser. Gesetzt den Fall, Verehrte, Sie haben den Knaben umgelegt, so haben sie ihn gewiß nicht allein zum Fluß geschafft. Dazu fehlt Ihnen einfach die Konstitution, wie ich Sie da unten rumhängen sehe. Sie brauchen also einen Komplizen. Da nur noch Ziegler da war, muß sie also mit Ihnen gemeinsam den Kerl ins Wasser geschmissen haben. Nur mal als Hypothese.

Und denkbar wäre es ja, wenn ich auch bisher keine Ahnung habe, warum so kräftig zugeschlagen wurde. Aber da komm ich schon noch hinter. So halb und halb weiß ich es ja. Hat was mit Elisabeth zu tun, nicht wahr?«

Ich antwortete nicht darauf. Statt dessen sagte ich: »Warum lasse ich – oder Ziegler oder wer immer – die Leiche von Freddy nicht einfach liegen und benachrichtige die Polizei? Mord auf der Party! Wozu der ganze Umstand mit dem Duschvorhang und der Leiche im Fluß?«

»Verehrteste«, entgegnete die Lenssen und lachte auf, »daß Sie in den Aktionen eines Mörders Logik suchen, das ist der beste Beweis dafür, daß Sie es nicht waren. Nur Profikiller handeln logisch, und auch die nicht immer. Amateure geraten in Panik und tun die absurdesten Sachen.«

Sie schnaufte und hüpfte mit der Leichtigkeit, die manchen Dicken eigen ist, von ihrer Bank, drehte die Sanduhr wieder um und sagte: »So, jetzt wird's gleich gemütlich.«

Zischend traf ein Wasserguß aus der Schöpfkelle die Steine des Saunaofens. Die Lenssen wirbelte die Hitze mit dem Handtuch hin und her. Ich stöhnte auf. Mir war, als wenn eine glühende Welle bis in die Tiefe meiner Lungen drang. Der Schweiß brach mir so plötzlich aus den Poren, daß ich zu zerfließen glaubte. »Ah, das tut gut!« schnurrte die dicke Frau unschuldig von ihrer obersten Bank. »Da spürt man doch, daß man lebt!« Ich hatte eher das Gefühl, gleich in Ohnmacht zu fallen. Mühsam folgte ich ihren weiteren Ausführungen.

»Die Sache hat bloß einen Haken. Alle haben erklärt, daß die Ziegler sozusagen Schlüsseldienst gehabt hat bei Ihrer komischen Zweitpremierenfeier – sowieso eine bescheuerte Idee, die Idee von bockigen Kindern! Warum in aller Welt hätte sie also die Tür zerdonnern sollen und damit riskieren, daß das halbe Haus wach wird? Das stimmt alles hinten und vorne nicht. – Sind Sie okay?«

Ich war zurückgesunken und atmete stoßweise. »Alles bestens,« erwiderte ich gequält.

»Na, dann ist es ja gut. Wäre also die Frage zu stellen, ob noch eine andere Person die Möglichkeit gehabt hätte, ins Haus und in Ihre Wohnung zu gelangen.«

Obwohl ich mich von ihr einer veritablen Folter ausgesetzt fühlte, konnte ich nicht umhin, die Logik ihrer Darlegungen zu bewundern.

»Es gab solche Möglichkeiten«, brachte ich hervor.

»Aha. Na, das erzählen Sie mir vielleicht besser beim zweiten Durchgang. Ich glaube, jetzt muß ich Sie erst mal ins Freie bringen.«

Sie kam herunter, faßte mich ohne Umschweife bei den Armen und stieß die Tür mit ihrem Hintern auf, um mich nach draußen zu zerren.

»Haben Sie Herzprobleme? Zu hohen Blutdruck?«

Ich verneinte schwach.

»Großartig. Da können Sie ja problemlos ins Wasser.«

Sie öffnete eine Tür. Die Kälte biß sofort zu, aber nach der Hitze da drin war es wie eine Erlösung. Vor uns glitzerte, laternenbeschienen, das schwarze Wasser des Swimmingpools hinter dem Haus. Ich schauderte unwillkürlich zusammen.

»Na, wollen Sie sich zieren oder was?« ermunterte mich Aurora Lenssen auf ihre derbe Art. »Hopp, hopp! Was denken Sie, wie gut das tut!«

Mit einem Anlauf sprang sie. Es spritzte bis zu mir. Ich preßte die Zähne zusammen und stieg vorsichtig die Leiter hinunter. Alles in mir spannte sich. Die Luft blieb mir weg. Trotzdem, es war gut. Es war erlösend. Wir planschten höchstens eine Minute, dann lotste sie mich wieder an Land und unter die Dusche.

»Auf zum zweiten Durchgang!«

Jetzt war die Sauna himmlisch wie eine warme Weihnachtsstube.

»Also, ich höre«, sagte die Lenssen, nachdem sie ihre Massen wieder auf der Bank über mir drapiert hatte.

»Ich habe mit Benin und der Backhaus gesprochen«, sagte ich. »Als Ziegler Moritz hinuntergebracht hat, hat sie das Haus offengelassen, weil sie meinte, das würde nicht lohnen, bestimmt würden die nächsten auch gleich gehen. Aber als Backhausens runterkamen, war wieder abgeschlossen. Es ist also durchaus möglich, daß in dieser Zeit jemand ins Haus gekommen ist, jemand, der entweder in die Wohnung schlüpfte, während Ziegler den Backhausens aufschloß – falls sie nämlich, was normal ist, die Wohnungstür nur angelehnt hatte –, oder den sie mit hineinnahm, weil sie ...«

»... weil sie ihn kannte«, ergänzte die Lenssen aus der Höhe. »Richtig. Zu dem Schluß bin ich auch gekommen. Ich hab nämlich auch mit Benin und der Backhaus geredet.«

Es verschlug mir die Sprache. »Was geht Sie das eigentlich an?«

»Na, jetzt machen Sie mir aber Spaß!« sagte sie. »Ich bin hiergeblieben, nicht, weil ich denke, daß ich bei diesen Proben unabkömmlich bin – das kann Marianowski wahrscheinlich sogar besser –, sondern weil mich Elisabeth mehr oder weniger deutlich um Hilfe gebeten hat. Ich hatte das Gefühl, es geht ihr schlecht und sie steckt in der Klemme. Und zum anderen – nun ja, ich bin neugierig. Inzwischen reizt es mich schon, schlauer und vielleicht auch schneller als die Polizei zu sein. Ich hab für die wenig übrig. Aber in zunehmendem Maße denke ich, daß man mich hier für dumm verkaufen will. Und das paßt mir nicht. Darum, Frau Gerber, sitzen wir unter anderem hier und reden.«

Sie schnaufte durch die Nase, beugte sich vor und drehte die Sanduhr um. Zu meiner Erleichterung blieb der Wasserguß jetzt aus.

»Die putzige Sendung, die Ihnen zugestellt wurde – das ist mir jetzt auch klargeworden –, kann eigentlich nur von Ziegler gekommen sein. Ziegler, die denjenigen kannte, der ins Haus und in die Wohnung gekommen war. Ziegler, die was beobachtet hatte oder die halt ebenso schlau war wie ich und eins und eins zusammenzählte. Ich weiß nicht, wie sie an das Zeug gekommen ist. Aber daß es eine Drohung war, eine Drohung gegen Sie, das ist so klar wie dicke Tinte. Aus dem Grund waren Sie ja wohl auch mit der Dame da im ›Flicflac‹ verabredet. Und deswegen wären Sie auch so klassisch für den zweiten Mord prädestiniert. Bloß den können Sie nicht begangen haben. Alibi. Jammerschade.«

»Vielleicht habe ich den Mord an Freddy tatsächlich mit Ziegler zusammen begangen«, schlug ich vor. »Dann hatte sie das Zeug gleich parat.«

»Hm«, machte die dicke Frau. Es klang mürrisch. »Wozu hätte sie sich da aufs neue an Sie heranmachen sollen? Ihnen wäre doch eh klar gewesen, daß die Bescheid wußte. Klingt nicht plausibel.« Ihre Stimme wurde scharf. »Warum zum Teufel versuchen Sie eigentlich die ganze Zeit, sich selbst die Schuld in die Schuhe zu schieben? Rucke di guh, hast Blut im Schuh ... Warum wollen Sie mich davon überzeugen, daß Sie's ja doch gewesen sein könnten? Mir schmeckt das alles nicht, dies Enthüllen und dann wieder Verschleiern und dies Falsche-Fährten-Legen.«

»Falsche Fährten? Wer legt falsche Fährten?«

»Darauf kommen wir beim dritten Durchgang«, sagte sie. »Los, ins Wasser.«

◇

»Vielleicht können Sie mir ja auch helfen«, fuhr die Lenssen fort, als wir wieder auf unseren Holzpritschen Platz genommen hatten; ich inzwischen mit ziemlich weichen Knien. »Elisabeth hat mich gebeten, ihr dies Zeug aus Freddys Wohnung zu holen, obwohl sie das ja auch selber hätte tun können. Mit so 'nem Amtssiegel wird schließlich jeder fertig, und sie hätte es doch auch einfach aufgebrochen lassen können. War eben wer drin gewesen. Interessiert doch eh keinen. Gut, nehmen wir mal an, sie hatte einfach Schiß. Das kann ich ja verstehen. Aber was für eine Bedeutung soll dieser ganze blöde Schriftwechsel haben?«

»Sie müssen schon etwas deutlicher werden«, sagte ich beklommen.

»Ach, irgendwelche Casting-Sachen. Soweit ich das verstanden habe, hatte sich dieser Kordes auch – und recht erfolgreich – bei Peter Zinn in Wien bemüht. Ich glaube, es war sogar dasselbe Stück. Was kann daran so Besonderes sein? Elisabeth und er waren Kollegen, und sie wären wieder zusammen aufgetreten. Wo ist da das Problem?«

»Und Sie meinen ...« Meine Stimme klang belegt.

»Ich meine, daß mich das kleine Luder für dumm verkauft. Ich meine, daß sie mehr weiß, als sie mir erzählt, und mich dazu bringen soll, jemanden zu schützen. Ich weiß bloß nicht, wen. Wenn sie denken würde, daß Sie den Knaben umgebracht haben – also gut, den Zahn kann ich ihr ziehen. Dazu muß sie mich nicht nach sinnlosen Papieren schicken. Ich habe die Nase voll.«

Ich schwieg.

»Ach so«, sagte sie. »Die Variante gibt's ja auch noch. Elisabeth und Sie haben zusammen Kordes kaltgemacht und ...«

»Nein!« Ich hatte mich zu ihr herumgedreht und kniete auf der hölzernen Bank. »Frau Lenssen. Bitte glauben Sie mir, nicht Elisabeth. Nicht sie. Wenn Sie irgendwie helfen können ...«

Sie starrte mit gerunzelter Stirn auf mich herunter.

»Zwei nackte Weiber in der Sauna werden hochdramatisch«, kommentierte sie sachlich. »Bleiben Sie ruhig, Frau Gerber. Bewahren Sie Ihre kühle Würde und Zurückhaltung, die mir so imponiert!« Ihre Ironie war beißend. »Ich wäre schon ganz glücklich, wenn Sie mir ein bißchen helfen würden und mir nicht ein X vor ein U machen. Dieser Mensch, der Arndt, hat mich nämlich gefressen. Aber so leicht laß ich mich nicht abhängen. – Und nun der krönende Abschluß!«

Sie goß zwei Schöpflöffel auf die Steine, und ich schnappte nach Luft wie ein gefangener Fisch. Halb ohnmächtig und mit einem quälenden Stechen in den Lungen verließ ich mit ihr die hölzerne Kiste.

Als wir todmüde nebeneinander auf den Pritschen des Ruheraumes lagen, sagte sie: »Ich laß Ihnen jetzt ein Taxi kommen. Nachtluft wäre jetzt nicht das richtige. Legen Sie sich zu Haus ins Bett, schlafen Sie, melden Sie sich morgen krank und ruhen sich aus, und ich garantiere Ihnen, sie sind gesund.«

Ich war zu matt, um Widerspruch anzumelden. »Und Sie?« fragte ich.

»Ach«, entgegnete sie gähnend, »ich schlafe hier vielleicht ein Stündchen. Und bevor es hier rund geht, mach ich mich auf ins Restaurant und esse richtig schön zu Abend. So 'n Saunabesuch beschert mir immer riesenhaften Appetit.« Sie reckte die fülligen Arme. »Das Video hab ich mir auch noch nicht angesehen. Wäre vielleicht ganz gut, sich das Produkt noch mal selbst vor die Nase zu halten. Übrigens, was soll unsere Schöne da eigentlich singen, bei Zinn?«

»Den Oktavian im ›Rosenkavalier‹«, sagte ich heiser.

»Versteh ich nicht. Eine Männerrolle?«

»Eine Knabenrolle. Aber von Strauss für eine Frauenstimme geschrieben.«

Die Lenssen schüttelte den Kopf. »Es gibt nichts Perverseres als eure Opern. Nie wieder inszeniere ich so 'n Zeug.«

14

Sie hatte recht gehabt. Ich erwachte mit einem Gefühl, als ob ich keine Knochen mehr im Leibe hätte, meine Knie gaben nach, wenn ich die Füße aus dem Bett auf den Boden setzte, aber die Krankheit schien weg, ausgebrannt und weggespült. Matt wie eine Fliege, holte ich mir das Telefon ans Bett und sagte im Theater Bescheid, daß mit mir heute nicht zu rechnen sei. Dann hörte ich den Anrufbeantworter ab.

Das Finanzamt wollte sich mit mir über meine Kirchenzugehörigkeit unterhalten, wegen der Steuer natürlich, weswegen sonst. Pastor Gerbers Tochter war schon vor zehn Jahren aus der Kirche ausgetreten, aber anscheinend hatte es sich nicht bis zum Finanzamt herumgesprochen.

Das Stadttheater Altenburg teilte mir mit, daß es einen Aufsatz aus meinem »Tosca«-Programmheft von 1988 übernehmen wollte und dafür bereit war, zweihundert Mark zu zahlen. Bitte, sollten sie.

Meine alte Bekannte Gesine Z., Lektorin eines Musikverlages, lud mich zur Präsentation einer taufrischen zeitgenössischen Oper ein, für die sie das Aufführungsmaterial herstellen würden. Danke, ohne mich.

Nichts von Belinda und Amina. Nichts aus Wien.

Ich wählte Belindas Wohnung an. Die Putzfrau meldete sich. Frau Tabeau sei zur Probe. Über Aminas Verbleib wußte sie nichts, vermutete, das Kind sei in der Tagesstätte. Gerade wollte ich den Hörer erneut abheben, um mich dort zu erkundigen, als der Apparat klingelte. Er klingelte bösartig. Ich hatte dafür inzwischen ein Gefühl, ob das, was da auf mich zukommen würde, harmlos oder beängstigend war. Und dies hier klang nicht gut. Ich griff zu und meldete mich. Zunächst war da nur ein schweres Atmen. Dann hörte ich eine Männerstimme, die durch viele Schichten Watte gedämpft schien. Jemand, der den Dialekt dieser Stadt nicht verbergen konnte, sprach wie von weit her. »Sag deiner Lesbenschlampe, ich will mit ihr reden. Sie soll kommen, verstanden? Und sag ihr, ich habe den Wanst.«

Die Haare auf meinen Unterarmen richteten sich auf. »Wer spricht da, und was soll das alles?«

»Verstanden, Frau Doktor? Sie soll nicht denken, daß man mich an der Nase herumführt. Sie weiß, was ich will. Ich erwarte eine Nachricht von ihr am Schwarzen Brett.«

»Verstanden«, sagte ich. »Wo ist Amina?«

»Der geht's gut. Noch. Beeil dich, Frau Doktor.«

Dann wurde aufgelegt.

Ich saß in meinem Bett und fühlte mein Herz im Hals schlagen. Mein Kopf war wie leergefegt. Die Stimme? Kannte ich die Stimme? Das war wohl nicht auszumachen, so verzerrt, wie sie hier bei mir angekommen war. Den Dialekt sprachen alle, die nicht zugewandert waren. Wer nannte mich Frau Doktor? Jeder, der mich kannte, wußte, daß ich den Titel nicht benutzte. Wer nannte mich Frau Doktor?

Ganz gleich, wer dieser Anrufer war. Ich mußte etwas tun.

Zuerst rief ich in der Tagesstätte an. Nein, Amina sei auch heute nicht gebracht worden. »Wie immer unentschuldigt, Frau Gerber.«

Die Tagesmutter, bei der Belinda ihre Tochter manchmal abgab, hatte kein Telefon. Ich war in fünf Minuten angezogen und nach weiteren fünf Minuten im Taxi.

Die junge Frau war zu Hause und öffnete mir freundlich. Der Lärm spielender Kinder drang aus dem Zimmer. Zu ihren eigenen betreute die Frau immer das eine oder andere Nachbarskind.

Ich rang nach Luft. »Amina – ist Amina hier?« stieß ich mühsam hervor.

»Nicht mehr«, erwiderte sie. »Sie ist wieder abgeholt worden. Wollen Sie nicht reinkommen, Frau Gerber?«

»Wann und von wem?« drang ich in sie.

Sie sah mich forschend an. »Vor zirka einer Stunde oder so. Die Frau hat gesagt, daß Frau Tabeau sie schickt. Ist was nicht in Ordnung?«

»Wie sah die Frau aus?«

Die Tagesmutter zuckte die Achseln. »Jung«, sagte sie unbestimmt. »Nichts Besonderes.«

»Hatte sie was Schriftliches von Frau Tabeau?«

»Um Gottes willen, Frau Gerber! Es ist doch alles richtig? Nee, nichts Schriftliches. Sie wissen doch, wie das mit Frau Tabeau ist. Mal kommt der, mal kommt wer anders. Eben bißchen durcheinander. Hab ich was falsch gemacht?«

Ich beruhigte sie. »Alles in Ordnung, Frau Bergmann. Wir haben offenbar aneinander vorbei gehandelt, Frau Tabeau und ich.«

Ich hatte das Taxi warten lassen. Auf dem Weg zum Theater saß ich mit geschlossenen Augen. Der Fahrer fluchte, weil wir in den Stau geraten waren. Ich hatte nichts dagegen. Ich gewann Zeit zum Nachdenken.

◇

Sie hatte Pause, als ich kam. Ich fand sie in ihrer Garderobe, die Beine hochgelegt auf den Schminktisch, um sich zu entspannen. Ihr Kopf hing über die Lehne des Stuhls, das schwarzgefärbte Haar wie ein Vorhang fallend, die Augen geschlossen. Ihre Kehle wölbte sich weiß und kostbar.

Ich erzählte ihr, was passiert war.

Sie veränderte ihre Haltung nicht. Dann fragte sie leise: »Welchen hat du es gesagt?«

»Was meinst du?«

»Dem Kommissar? Der Dicken?«

»Keinem. Überhaupt keinem. Meinst du, ich will dich gefährden, oder Amina?«

Sie seufzte tief auf, immer noch, ohne die Augen zu öffnen. Ich kniete neben ihrem Stuhl nieder und umfaßte ihren Arm mit beiden Händen. »Wer ist es, Belinda?«

Keine Antwort.

»Belinda, wem alles hast du Aufträge gegeben? Und was für Aufträge?«

Nichts.

Schließlich sagte sie: »Es sollte nicht so kommen. Er sollte ihn bloß außer Gefecht setzen. Damit er ausfällt.«

»Wer?«

Nichts.

»Und Ziegler? Was war mit Ziegler?«

Sie zuckte die Achseln. Endlich machte sie die Augen auf. »Ich bringe das in Ordnung, Sophie.«

»In Ordnung?« Ich starrte sie an. »Da sind zwei Leute tot, und dein Kind ist weg. Was willst du da in Ordnung bringen, Elisabeth Tabeau?«

»Sag es denen nicht, hörst du?« erwiderte sie dringlich. »Sag ihnen kein Wort. Ich mache das. Was meinst du, wo Amina ist?«

Ich schüttelte den Kopf. »Sie kann bei jedem sein. Wir haben ihr beigebracht, daß sie mit jedem mitgeht. Wir waren ja meist zu beschäftigt. Wir hatten immer zu tun. Immer fand sich wer anders, der das Kind mal schnell abholte.«

Ich stöhnte auf und legte meine Stirn auf ihren Arm, den ich noch immer umklammert hielt. »Belinda, warum? Wozu brauchtest du all die andern? Ich bin doch da! Du weißt doch, daß ich für dich alles tun würde! Was gab es, was du mir nicht anvertrauen konntest? Du siehst, wie falsch nun alles geworden ist! Warum läßt du dich mit solchen furchtbaren Leuten ein? Und warum die dicke Frau? Meinst du, ich hätte nicht genausogut die Papiere aus Freddys Wohnung geholt wie sie? Sie hat einen Verdacht. Natürlich hat sie nun einen Verdacht.«

»Ach«, entgegnete sie, »die Lenssen versteht das doch gar nicht. Das ist gut. Ich habe ihr das Versprechen abgenommen, nicht reinzusehen.«

»Und du meinst, daran hat sie sich gehalten?«

Belinda sah mich an, mit diesem Blick voll Leere und Sanftmut, der mich traf wie ein Stoß vor die Brust.

»Belinda, warum durfte ich es nicht tun?« murmelte ich.

Sie sagte klar und ohne die Stimme zu erheben: »Weil du es mir eingebrockt hast. Du hast es an Freddy verraten. Und du bist zu ihm gegangen.«

Mir verschlug es den Atem. »Was? Was habe ich dir eingebrockt? – Belinda, das ist absurd! Es war eine ganz harmlose kollegiale Mitteilung. Und was ist so schlimm daran, daß er auch bei Zinn vorgesungen hat?«

»Es ist nun mal geschehen«, sagte sie ruhig.

»Hältst du mich für eine Verräterin, weil ich damals mit Freddy...«

»Nein. Es ist auch nicht mehr wichtig.«

»Und du meinst, du bekommst die Zusage aus Wien?«

»Sicher. Er wollte mich.« Sie nahm die Füße vom Tisch und setzte sich auf. »Ich muß zur Probe.«

»Du gehst jetzt auf die Probe?«

»Natürlich«, erwiderte sie und bündelte das Haar mit einer Hand im Nacken, um dann ein Zopfband darüberzustreifen. »Du willst was für mich tun?«

Ich nickte stumm.

»Mach einen Zettel mit deinem Computer. Schreib darauf: Salome ist einverstanden. Und kleb ihn ans Schwarze Brett.«

»Es ist jemand aus dem Haus, nicht wahr?«

Sie sah mich an und zuckte die Achseln. Meine Frage war töricht. Natürlich war es jemand aus dem Haus. Alles kreist um dies Haus. Theaterangelegenheiten wurden auch von Theaterleuten erledigt. Sie ging an mir vorbei und verließ die Garderobe, als würde es mich gar nicht geben. Während ich die Treppen zu meinem Büro hochstieg, überlegte ich, was Elisabeth Tabeau ihr Kind bedeutete. Nichts? Nein, nichts gewiß nicht. Aber sicher weniger als ihre Karriere. Bloß – hatte ich das nicht schon immer gewußt?

◇

Ich schrieb den Zettel, wie sie es verlangt hatte, und ging dann hinunter, um ihn am Schwarzen Brett zu befestigen, neben den Hausmitteilungen, die im verglasten und verschlossenen Kasten hingen, zu dem nur die Wildmüller und einst die Ziegler Zugang hatten.

Am Schwarzen Brett sammelte sich das übliche Charivari von Angeboten und Gesuchen. Kinderbetreuung – auch zu ausgefallenen Zeiten –, Pizza-Service – Cello billig abzugeben – Noten für mittlere Singstimme, gut erhalten, von Monteverdi bis Hindemith, nur im Pack – 5 Paar Spitzenschuhe, Gr. 38, aus DDR-Produktion, ungebraucht... Ich heftete meinen Zettel ganz unten in die Ecke. Dann setzte ich mich auf einen Sessel in der sogenannten Raucherinsel, einer ziemlich unkomfortablen Nische zwischen Garderobengang und Seitenbühne, und wartete. Es war elend zugig an diesem Platz, der in Vorwendezeiten »Friedensecke« hieß, weil es hier eine Mitteilungstafel der Betriebsparteiorganisation der SED gegeben hatte, an der meistens Zeitungsausschnitte klebten. Aber man konnte von hier aus jeden sehen, der den Glasgang betrat oder aus ihm kam.

Um diese Zeit war es relativ ruhig im Haus. Überall liefen die Proben. Auf der Bühne wurde gehämmert und gepoltert. Man baute die Operette ab und die Abendvorstellung auf, nahm ich an. Ich wußte nicht einmal, was gegeben wurde heute.

Zwei Frauen aus der Requisite kamen vorbei, beladen mit Tamburinen, Holzbechern und Plastikkrügen, die wie Metallhumpen aussahen. Zwei Bühnenarbeiter, ihr Werkzeug im Gürtel, schleppten ein mit grünen Kunststoffranken bespanntes Gitter und manövrierten es ziemlich mühevoll um die Ecke. Sie mußten mehrfach absetzen. Ein junger und ein älterer Geiger diskutierten über die Strichart in Strauss' »Elektra«. Ich hörte: »Im Vergleich zu ›Salome‹ ...« und zuckte zusammen.

Neben mir ließ sich jemand schwer in einen Sessel fallen und plazierte seine zerknautschte Zigarettenpackung nebst Feuerzeug schwungvoll auf dem Tisch.

»Hilfe!» stöhnte Giulio Tartini, der Charaktertenor, der den Herodes sang. »Diese ewige Probiererei geht mir auf den Geist! Früher hieß es: Zweimal ist gut, dreimal ist Schikane! Aber die kennen ja heute keine Gnade. Und Raucher verschmachten am steifen Arm. Unsereins ist heutzutage sowieso Diskriminierungen ausgesetzt.«

Er zündete sich gierig eine Zigarette an und sog den Rauch tief in die Lunge.

Tartini war Kettenraucher, was merkwürdigerweise seiner Stimme keinerlei Abbruch tat. Er hatte Nicolai Geddas berühmten Ausspruch: »Ich bin kein Sänger, der raucht, sondern ein Raucher, der singt«, begeistert zu seinem Motto gemacht. Außerdem sah ich Schlimmes kommen. Tartini gehörte zu den redseligsten Leuten des Hauses, und ich war nun sein Opfer.

»Nanu, sind Sie jetzt zu unserer Phalanx übergewechselt, Frau Gerber?« begann er und hielt mir einladend die Packung vor die Nase.

»Nein, nein«, sagte ich abwehrend, »ich warte hier nur auf jemanden.«

»Elisabeth probiert noch«, erwiderte er, so nett indezent, wie man eben am Theater sein kann. »Das dauert bestimmt. Ich muß auch gleich wieder hoch. Auf was für Ideen diese Lenssen kommt! Nicht zu fassen. Na, man schweigt und denkt sich sein Teil. Alles gut zur Premiere. Was ich dann in der dritten, vierten

Vorstellung mache, wenn kein Regisseur mehr zuguckt, das bleibt mir unbenommen, nicht wahr?«

Dafür war er bekannt. Nach den für ihn wichtigen Terminen, in denen Kritik oder Freunde saßen, reduzierte Tartini seine sängerische und darstellerische Leistung auf Sparflamme.

»Was meinen Sie denn«, plauderte der Gatte der ehemaligen Primadonna weiter und schob sein verlebtes Gesicht an mich heran, »wer hinter diesen ganzen Morden steckt? Also Sie waren ja eigentlich immer dicht dran. Da machen sich die Leute so ihre Gedanken. Aber ich sage: Doch nicht Frau Gerber, Kinder! Ausgeschlossen! Die hat für so was überhaupt nicht die Power!«

Seine Nikotin-Aura umhüllte mich, während ich verzweifelt versuchte, an seinem Kopf vorbei den Glasgang im Auge zu behalten.

»Was haben Sie denn? Ich sagte doch schon: Die Tabeau probiert noch!«

Daß ich auf jemanden anders warten konnte, kam ihm nicht in den Sinn.

»Dieser Kordes soll ja so 'n wahrer Musterknabe gewesen sein – außer paar Weibergeschichten. Dem ging seine Karriere über alles. Fuhr ja sogar regelmäßig nach Berlin, um Unterricht zu nehmen.«

»Weiter Unterricht nehmen sollten eigentlich alle«, erwiderte ich.

»In Maßen, Frau Gerber, in Maßen. Sie kennen ja den Spruch: Wer übt, hat's nötig. Ich, ich packe mein hohes C auch noch, wenn ich sechzig bin. Ich weiß einfach, wie man's Maul stellt.«

Der Teufel ritt mich, daß ich sagen mußte: »Sechzig? Sind Sie das nicht längst?« Er reizte mich wirklich zu sehr.

Er sah mich einen Augenblick aus zusammengekniffenen Augen an. »Guck an, stille Wasser sind tief! Meine Frau und ich, wir dachten eigentlich, solche Ungezogenheiten hätte nur Frau Tabeau drauf. Scheint ansteckend zu sein.« Er blickte auf die Uhr. »Lohnt nicht mal mehr, 'ne zweite anzustecken. Auch so 'ne Form der Schikane, daß man zum Rauchen hier runter muß, wenn man oben probiert.« Er nestelte unentschlossen an seiner Zigarettenpackung herum. Seine Finger waren gelb. »Na ja. Die Ziegler soll ja allerhand im Computer gehabt haben. Ich denke mir, da gibt es noch Enthüllungen! Enthüllungen!«

Endlich ging er.

Ich rannte in den Glasgang zum Schwarzen Brett. Der Zettel war weg.

15

Ich saß in meinem Zimmer, vor mir einen Berg Post, und brütete vor mich hin.

Im Dramaturgiesekretariat hatte ich Bescheid gesagt, daß ich nicht gestört werden wollte. Die Studentin, die hier halbtags jobbte – vor der Wende hatte ich eine kompetente Sekretärin gehabt –, hatte mich erstaunt angesehen. »Ich denke, Sie sind krank, Frau Gerber?«

»Hab mich eben doch aufgerafft«, sagte ich lahm. »Wo sind die anderen?« Schließlich hatte ich noch eine Praktikantin und eine Zwanzigstundenkraft für Konzertprogramme und die Korrespondenz – die mir nun vorlag. Das war aus einem stattlichen »künstlerischen Gewissen« von fünf Mitarbeitern übriggeblieben. Aber natürlich ging es auch so.

Meine kleine Aushilfe bekam rote Backen. »Millies Freund ist heute auf der Durchreise da«, erklärte sie verlegen. »Und Frau Lenz hatte auch Kopfschmerzen.«

Ich winkte ab. »Wunderbar, wie man sich auf alle verlassen kann«, sagte ich. »Geben Sie mir die Post. Ist sonst noch was?«

Nein, da war nichts. Leute, die den Zustand dieser Dramaturgie kannten, riefen ohnehin gleich bei mir an.

Und nun saß ich hier, und meine Gedanken liefen in meinem Kopf rundum wie Hamster in einem Laufrad.

Ich will Amina finden. Und ich will Belinda schützen. Noch immer. Auch wenn ich sie verloren habe. Sie gibt mich auf. Sie fällt ab von mir. Was für merkwürdige Formulierungen, und das nur...

Ich hob die Augen und sah aus dem Fenster.

Erst jetzt bemerkte ich, daß es ein schöner klarer Tag war, einer der wenigen, die es in dieser Stadt gab. Man konnte von meiner dritten Etage aus bis in Mansfeldische gucken. Am Horizont schimmerten weiß die Abraumberge des alten Kupferschieferbaus, pyramidenförmige Strukturen. Früher hatte ich oft Belinda in mein Zimmer gelockt mit der Verheißung dieser Aussicht: »Komm, wir können heute wieder bis nach Ägypten sehen. Die ganze große Welt ... ›Aida‹ in der Oper von Kairo ...«

Auf einmal fiel mir mein Traum ein, jener Traum, den ich beim Aufwachen völlig verdrängt hatte. Ich kannte ihn aus Kindertagen. Ich hatte ihn das erste Mal geträumt, nachdem mein Vater, Pastor Gerber, mir und den Geschwistern von der Sintflut erzählt hatte, Gottes Zorn und Strafgericht über die verderbte Menschheit, in der alles ersaufen mußte bis auf Noah, den Gerechten, und seinen Samen. Und nachts rauschte er dann auf mich herab, jener strafende Regen. Fing erst langsam an, schwere, dicke, zähe Tropfen, nicht etwa klares Wasser, sondern eine schlammige, stinkende Brühe, wie aus dem Ententeich hinterm Pfarrhaus, fiel auf mich, auf mein Bett, auf mein Zimmer, meine Puppen, meine Bücher. Ich erwachte und saß da und brauchte immer erst eine Weile, um zu begreifen, daß die Nässe meines Nachthemdes nicht das Wasser jener Sintflut war, sondern mein Angstschweiß.

Heute nacht hatte ich ihn wieder geträumt. Vielleicht, weil mir von der Gewaltkur jener Sauna noch einmal der Schweiß ausgebrochen war. Oder vielleicht, weil ich es schon gewußt hatte, was mir Belinda heute zu verstehen gegeben hatte: daß ich schuldig war, unschuldig schuldig, indem ich Freddy etwas anvertraut hatte, wovon keiner ahnen konnte, daß es eine solche

Wendung nehmen würde ... Aber warum nur? Ich preßte die Hände gegen meine Schläfen.

Bei Kindesentführung geht jeder normale Bürger zur Polizei. Und dieser Arndt schien ja auch gar nicht so verkehrt zu sein, ein tüchtiger Mann, wie es so heißt, und nicht ohne Fingerspitzengefühl. Aber das bedeutete zugleich, daß ich Elisabeths Beteiligung an dem, was Fred Kordes zugestoßen war, darlegen mußte.

Sie wußte sehr genau, daß ich das nicht tun würde. So sicher, wie ich wußte, daß sie mir nicht verraten würde, wen sie für die »Arbeit« angeheuert hatte – und zu welchem Preis. Da konnten wir uns aufeinander verlassen. Wir kannten uns gut.

Die andere Variante war diese Hobby-Schnüfflerin, die dicke Lenssen. Schließlich hatte Belinda sie selbst herangezogen, sie halb und halb in die Sache eingeweiht – wenn sie auch nicht bedacht hatte, daß diese Frau viel zu neugierig war, um es bei dem zu belassen, was sie wußte.

Vielleicht aber wuchs einfach Gras über die Sache. Falls es Belinda gelang, den geheimnisvollen Unbekannten mundtot zu machen, womit auch immer. Und falls wir das Kind wiederbekamen, ohne Arndt und ohne die Lenssen. Ich sprang auf. Das führte alles zu gar nichts.

Jemand aus dem Haus.

Einfach noch mal durchs Haus gehen. Vielleicht, daß sich etwas ergab. Etwas, von dem ich nicht einmal wußte, was es sein könnte.

Mit der Korrespondenz in der Hand betrat ich den Nebenraum. Die Aushilfe war gerade dabei, ein offenbar privates Telefongespräch zu führen. »Bis gleich«, sagte sie und legte hastig auf.

»Mir ist egal, mit wem Sie reden«, bemerkte ich. »Es kostet nur das Haus etwas, nicht mich. Machen Sie bitte die Post. Ich bin nicht dazu gekommen. Mein Telefon ist auf Ihren Apparat umgestellt. Falls Wien sich meldet: Ich rufe unverzüglich zurück!«

»Ist gut«, sagte die Kleine dienstbeflissen. Ich war bestimmt keine nervende Chefin, aber Chefin bleibt Chefin.

Ich ging hinaus auf den Gang. Gleich gegenüber führte eine Eisentür auf eine der Galerien, die praktisch die ganze Bühne umgaben und auf denen unter anderem Scheinwerfer montiert waren und bedient wurden.

Aufs Geratewohl öffnete ich diese Tür und prallte gegen die Wand zurück. Direkt vor mir schwebte der monströse Engel der »Salome«, jenes sinnlose, postmoderne Versatzstück, das die Lenssen sich für den Schluß des Stücks ausgedacht hatte, gleichsam als Kommentar auf Salomes Tötung. Was mich so erschreckte, war, daß das Ding aus Draht und vergoldetem Pappmaché nicht still in den Schnüren hing, sondern sich bewegte. Es schwebte langsam an mir vorbei. Das lächelnde Gesicht dieser Scheußlichkeit, von unten dank der Beleuchtung sanft verklärt wirkend, war so aus der Nähe dümmlich und grob, die gemalten Augen blickten starr und stechend, und mir schien, als sähe es mich an.

Von unten ertönte die Stimme des Bühnenmeisters über Handmikro. »Noch 'n Stück, Lange-Gerd! Ja, noch bißchen mehr nach links. Sie hat gesagt, halben Meter mehr links. Jawoll. Und justieren!« Der Engel stoppte mit einem Klick und schaukelte auf der Stelle. »Astrein!« kam es von unten. »Sieht aus wie uff 'n Weinachtsmarcht!«

Ich schloß die Tür und wandte mich zur Treppe. Mein Herz klopfte. Das Ding hatte mich erschreckt. Und überhaupt: Wieso wurde heute »Salome« aufgebaut? Szenische Probe und Vorstellung waren doch erst übermorgen.

Astrid Wildmüllers KBB war verschlossen. Drinnen klingelten wie wild mindestens zwei Telefone. Offenbar trieb sie sich irgendwo im Haus herum.

Auf halbem Weg nach unten bog ich zur Intendanz ein. Im Vorzimmer wimmelte es von Leuten, die ich aufgrund der Anwesenheit unseres teuren Kommissars Arndt wohl oder übel für Beamte in Zivil halten mußte.

»Was wollen Sie hier?« fuhr er mich ungnädig an. »Eine Aussage machen?«

»Nicht daß ich wüßte«, gab ich zurück. »Ich bin eigentlich auf der Suche nach jemandem, der mir sagt, warum die ›Salome‹ aufgebaut wird.«

»Wirklich nicht mein Problem«, sagte Arndt. Und zu den zwei Burschen, die sich mit dem Intendanzcomputer beschäftigten: »Was ist denn nun? Kommt ihr rein oder nicht?«

»Tut uns leid, Chef«, hieß es kleinlaut. »Das Ding ist abgestürzt.«

»Ich bin von Idioten umgeben«, sagte der Chef mit stiller Verzweiflung.

»Geht's immer noch um Zieglers Privatdatei?« erkundigte ich mich.

Er nickte. »Scheiße, kein Zugriff. Und jetzt auch noch das.«

»Tja, die Technik«, bemerkte ich schadenfroh.

Auf der Bühnenetage öffnete ich die Tür zum Inspizientenpult. Hörnlein war nicht da, sondern stand mit Meister Jürgensen am Wasserbassin, das gerade installiert wurde.

»Kannste dir das ausmalen«, hörte ich den Bühnenmeister gerade sagen, »'ne nackte Braut im warmen Wasser, und du kommst reingehupst und besorgst es ihr von hinten ...«

Offenbar waren gerade Männerphantasien angesagt. Jürgensen war für sexistische Witze der übelsten Sorte verschrien. Hörnlein lachte wiehernd, seine Witze waren auch meist nicht vom Feinsten. Als ich ihm winkte, kam er sofort ans Pult.

»Ja, Frau Gerber?«

»Wieso baut ihr ›Salome‹ auf?« fragte ich.

»Nu, wieso baun wir ›Salome‹ uff?« erwiderte er und hob hilflos die Achseln. »Weil's die gnädige Frau Regisseurin so will. Sie ist einfach zu H.P. gegangen und hat gesagt, wenn sie schon hier rumhängt, dann kann sie auch gleich noch was am Licht korrigieren und an der Einrichtung. Da is ihr dies und das uffgefallen. Und nun können wir Dödel heute den Schinken hinstellen. Die Vorstellung schmeißen sie einfach raus, egal, ob ausverkauft ist oder nich. Die Leute schlagen sich fast die Köppe ein nach Karten, wegen der Morde, Sie verstehn? Und dann machen wir abends neu Beleuchtung und morgen früh 'ne Probe für den Gast, und dann dürfen wir wieder abbauen und spielen Operette, und dann bauen wir wieder auf für 'n Donnerstag. 'n Stück aus 'm Tollhaus, wenn Sie mich fragen. So was gab's früher nicht.«

»Doch«, sagte ich. »Unter Steinrück hat's das auch gegeben.«

Hörnlein verdrehte die Augen. »Steinrück! Ja, das war ein großer Mann. Wie geht gleich der Spruch von dem Gott und dem Ochsen? Ach, ich denke, wir verstehn uns, Frau Gerber. Aber wer beim Intendanten 'n Stein im Brett hat, der läßt die Puppen tanzen.«

Ich nickte ihm zu und verließ die Seitenbühne.

Im Glasgang blieb ich stehen und starrte auf die leere Stelle am Schwarzen Brett. Wer war da durchgekommen, bevor mich der rauchende Sänger Tartini durch sein Geschwätz abgelenkt hatte? Requisite, Bühnenarbeiter mit schwerer Last, Orchestermusiker... Ich gab es auf.

Ob der Pförtner jemanden bemerkt hatte, der von draußen hereingekommen war? Aber bei der Aufmerksamkeit unserer Pförtner hatte ich da wohl keine guten Chancen.

Turnusgemäß hätte die Greddin da sitzen müssen, aber es war Hoppe, der mich gleich wieder mit mißbilligender Miene musterte. Ich hatte vorhin, als ich ins Haus kam, nicht darauf geachtet.

»Frau Greddin ist nicht da?« fragte ich überflüssigerweise.

»Das sehen Sie ja«, nörgelte er. »Pausenlos haben diese Frauenzimmer kranke Kinder. Daß unsereins auch 'n Recht auf seine Freizeit hat, das interessiert keinen Menschen. Nicht mal 'n Krankenschein hat sie gebracht! Der junge Spund mit seinem Fahrrad hat bloß Bescheid gesagt: Kinder krank. Alles bestens, Hoppe kann übernehmen. Dabei liegt der Ollen ihre Handtasche noch hier rum. War ja anscheinend früh mal kurz da. Aber statt sich der Bengel, der Timmerling, mal sehen läßt und ihr das nachbringt ... Nachher sagt sie noch, ich hab was rausgenommen.«

»Wohnt die Frau Greddin denn weit?« fragte ich.

»Nee. Keine zehn Minuten. Schustergasse 6, wo schon alles auf Abriß steht. Das olle Assi-Haus, wo sie sich egalweg prügeln.«

»Geben Sie mir die Tasche«, sagte ich, ohne zu wissen, warum. »Ich muß sowieso mal paar Schritte an die Luft. Ich bringe sie hin.«

Er musterte mich mißtrauisch. »Warum wollen Sie 'n das machen?«

Ich zwang mir ein Lächeln ab. »Hin und wieder tu ich auch mal was Gutes. Und wie gesagt, ich brauche bißchen Luft. Habe Kopfschmerzen.«

Ohne weitere Bemerkungen reichte er mir die Tasche durch die aufgeschobene Glasscheibe, eine schäbige, ziemlich große Kunststofftasche. Obenauf lag das gelbe Strickzeug.

»Also ich renne nicht damit weg«, sagte ich gespielt munter. Er hatte seine Schotten schon wieder dichtgemacht.

Mein Herz klopfte mal wieder völlig unangemessen. Ich hatte gar nichts überlegt. Ich hatte einfach nur etwas getan. Den Weg zur Schustergasse rannte ich mehr, als ich ging. Im hellen Sonnenlicht dieses Tages sahen sogar die grauen, heruntergekommenen Häuserfronten der meist unbewohnten Gebäude irgendwie passabel aus.

Die Schustergasse 6 war ein Backsteinbau. Die Haustür war nicht mehr vorhanden. Es gab auch nur vereinzelte Namensschilder an den Briefkästen. Greddin war nicht dabei. Ich stieg die Treppe hoch, am Geländer fehlten viele der gedrechselten Stützen. Zu DDR-Zeiten hatte man sie gern herausgebrochen und zu Beinen für Tischchen verarbeitet, die reißenden Absatz auf Wochenmärkten fanden. Hinter einer Tür hörte ich Kindergeschrei. Ich drückte auf die Klingel, aber die war defekt. So schlug ich mit der Faust so lange gegen die Tür, bis ich drinnen Schritte hörte.

Die Greddin öffnete. Das erste, was ich in dem vollgekramten Flur sah, war Aminas Buggy.

◇

Die Art und Weise, wie ich an der Frau vorbei ins Zimmer stürzte, irritierte die Kinder derart, daß sie aufhörten, sich zu prügeln, und mich anstarrten. Eins fing sofort an zu husten.

Ungerührt von dem Lärm, den sie nicht vernahm, saß Amina mit dem Rücken zur Tür und baute einen Turm aus Legosteinen. Ich ging langsam um sie herum, bis ich zwischen ihr und dem Licht stand. Sie sah auf und lächelte mich an. Ich kniete mich zu ihr und nahm sie so vorsichtig in die Arme, wie es nötig war, um sie nicht zu erschrecken.

»Ich will sie nur abholen«, sagte ich zu der Greddin.

»Ich weiß ja nicht…«, wandte sie ein, ihre Handtasche in den Händen. »Also ein Hin und Her ist das. Meine Kinder sind wirklich krank. Sie hören ja, wie das hustet!«

»Schon in Ordnung, Frau Greddin«, sagte ich. »Hat Frau Tabeau Sie gebeten, Amina abzuholen?«

»Nee. Der Junge doch, dieser Bote. Hat mir die Adresse gegeben und alles. Ich meine, für 'n Fuffi… Ich übernehm ja gern mal so was. Und für so kurze Zeit. Das Kind is ja ganz lieb. Bloß daß es nischt hört, na ja.«

»Timmerling hat Ihnen die Adresse gegeben und den Auftrag?«

»Auftrag?«

Das war schon wieder zu hoch für sie.

»Er hat Ihnen gesagt, daß Sie die Kleine mitnehmen sollen?«

»Ja, klar. Weil Frau Tabeau soviel zu tun hat. Und ich wohne ja näher am Theater.«

Ich hielt Amina so fest im Arm, als wäre sie meine Beute.

»Danke schön. Ich nehm die Kleine dann mit. Danke für Ihre Mühe. Sie brauchen nicht Bescheid zu sagen. (Auf die

Idee wäre sie wohl ohnehin nicht gekommen.) Ist alles geregelt.«

»Ja. Und danke für die Tasche. Mein Strickzeug.«

Mehr war wohl nicht drin. Gut, daß Hoppe wegen des Strickzeugs so einen Aufriß gemacht hatte.

Während ich Amina anzog, hörte ich die Frau mit ihren Kindern herumpalavern und gleich darauf wieder Geschrei. Ich ging aus der Wohnung, ohne mich zu verabschieden. Den Buggy trug ich mit einer Hand. Das Kind tappelte brav neben mir die Treppe hinunter.

Es war nicht weit von der Schustergasse bis zu mir. Ich legte den Weg zu Fuß zurück. Amina ließ sich schieben und johlte unartikuliert vor Vergnügen.

Ich traf niemanden im Hausflur und auf der Treppe. In meiner Wohnung machte ich uns etwas zu essen, so, wie es Amina mochte. Nudeln mit Tomatensoße. Eine Cola fand sich im Kühlschrank. Dann legte ich mich mit ihr zum Mittagsschlaf auf das Bett. Wie sie es gewohnt war, schob das Mädchen seine Hand in meinen Halsausschnitt und begann meine Brust zu streicheln. Sie stieß leise Töne der Zufriedenheit aus, schnob geräuschvoll durch die Nase. Ich streichelte ihren Arm, bis sie eingeschlafen war.

Irgendwann schlief ich auch.

16

Als ich aufwachte, war es schon dämmrig. Hinten in der Ecke brannte das kleine Licht. Amina lag bäuchlings auf dem Teppich und besah sich die Bilderbücher, die ich immer für sie bereit hatte. Auf mein Erwachen reagierte sie, indem sie fröhlich die Hände zusammenschlug.

Noch benommen, stand ich auf und kauerte mich zu ihr. Sie zeigte mir eifrig die Bilder, artikulierte, was sie schon gelernt hatte: Kuh – Katze – Hund. Dann nahm sie mich bei der Hand und zog mich zum Fernseher. Aus dem Stapel der Video-Kassetten fischte sie eine unbeschriftete heraus, die mir völlig unbekannt vorkam, und hielt sie mir hin.

»Das möchtest du sehen?« fragte ich, und das Kind nickte.

»Aber was ist drauf?« fragte ich. Amina stellte sich in Positur und mimte eine theatralische Pose. Ich schüttelte den Kopf, zuckte mit den Achseln. Sie drängte mich, das Band einzulegen, und selbst neugierig, tat ich ihr den Gefallen. Was mochte sich da in meine Sammlung eingeschlichen haben?

Das Band begann ungefähr im zweiten Drittel. Ich schaltete ein und hatte auf einmal Belindas strichhaft zierliche Gestalt im Wohnzimmer. Belinda in ihrem gestreiften Burnus, den sie nach dem Schleiertanz übergestreift hatte, Belinda, hoch aufgereckt,

Belindas unvergleichliche Stimme: »Es ist eine schreckliche Stille. Ah! Es ist etwas zu Boden gefallen. Ich hörte etwas fallen ...«

Das Kind hüpfte vor Vergnügen auf der Stelle und versuchte zu sprechen: Mama. Offenbar war sie ebenfalls davon überrascht, ihre Mutter auf dieser Kassette zu sehen. Mir krampfte sich der Magen zusammen.

Es war eindeutig der Video-Mitschnitt, den wir während der Probe gemacht hatten. Jener Mitschnitt, den ich doch gestern aus dem Rekorder genommen und der dicken Frau in die Hand gedrückt hatte ... Für mich hatte sich dies Band und kein anderes in dem Gerät befunden. Offenbar war das aber nicht der Fall gewesen. Jemand hatte es herausgenommen und ein anderes eingelegt, eben das, in dessen unbeschrifteter Hülle das ›Salome‹-Video steckte ... Was hatte ich der Lenssen gegeben?

Wie durch die Nebelschwaden dieser grauen Stadt sah ich Bilder: die Ziegler, der triumphierend lachende Freddy vor dem Fernseher ...

Ich drückte die Stop-Taste. Amina protestierte zappelnd und mit aufgerissenem Mäulchen. Ich nahm sie bei den Schultern und redete heftig auf sie ein: »Hast du dies Band schon mal gesehen?« Ich zeigte ihr die mir unbekannte Hülle. »Wer ist drauf gewesen? Nicht die Mama, nein?« Sie verstand nichts. Sah mich mit großen Augen ängstlich an. Ich war auch viel zu aufgeregt, um irgend etwas für sie verständlich zu machen.

»Es ist gut, Amina«, sagte ich beruhigend. »Es ist gut.«

Ich fuhr die Kassette zurück – das Kind mußte ja nicht unbedingt sehen, wie ihre Mutter einen abgeschlagenen Kopf anhimmelte – und drehte den Ton weg. Friedfertig setzte sich das Mädchen vor das nun stumme und erregte Gespräch zwischen Salome und Herodes. Ich sah auf die Uhr. Es war noch möglich, in der Kindertagesstätte anzurufen, es mußte noch jemand da sein.

Es meldete sich jene junge Frau, die mir von den Erzieherinnen dort die liebste war.

»Frau Waldner, es geht um Amina, und es ist sehr wichtig«, sagte ich und gab mir Mühe, ruhig zu sprechen. »Das Kind ist bei mir, und ich muß etwas von ihr erfahren. Wenn Sie es irgendwie einrichten könnten, noch einmal hier vorbeizukommen. Ich zahle Ihnen auch ein Taxi.«

»Nicht nötig.« Sie klang fröhlich und bereitwillig. »Das letzte Kind wird gerade abgeholt. Ihre Wohnung liegt sowieso auf meinem Weg. Na klar, ich helfe Ihnen.«

Gemeinsam mit dem Kind starrte ich auf das tonlose Bild, und plötzlich wurde mir klar, daß meine Wohnung für Amina der unsicherste Platz der Welt war. Während ich auf die junge Frau Waldner wartete, begann sich eine Art Panik in mir breitzumachen, wie ich sie in diesen drei Tagen noch nie empfunden hatte. Was hatte ich mir nur dabei gedacht: einfach das Kind zu nehmen und mit ihm nach Hause zu laufen, wie eine Hündin, die ihr ausgerissenes Junges am Nackenfell packt und es in die Wurfkiste zurückschleppt, überzeugt davon, daß ihre Nähe der beste Schutz ist?

Wo steckte zum Beispiel Jan Timmerling? Warum hatte ich mich nicht um den Verbleib des verschollenen Boten gekümmert, statt mich hier mit Amina hinzulegen und einzudösen? Ich konnte mir zwar nicht vorstellen, daß der Junge selbst diese Entführung in Szene gesetzt hatte – er war eben immer der Bote! –, aber er müßte doch jemanden gesehen oder gesprochen haben. Wer hatte ihm den Auftrag für die Greddin gegeben?

Und wieso konnte ich annehmen, daß derjenige, der es ausgeheckt hatte, sich nicht auch vergewissern würde, daß das Kind bei der Greddin war? Möglich, daß er es unterließ, um nicht in Erscheinung zu treten. Und wenn er doch kam? Auf einmal war mir, als könne er jeden Moment vor der Tür stehen, er, der offenbar vor gar nichts zurückschreckte, er, der schon einmal hier gewesen war, während ich schlief – Glas splitterte unter seinem Tritt, eine Blutspur zog sich über meinen Teppich...

Es klingelte, und ich fuhr zusammen, als hätte der Leibhaftige auf den Knopf gedrückt. Aber natürlich war es Frau Waldner, die Erzieherin von der Spezialtagesstätte, und kein Unhold, und Amina strahlte und flog ihr in die Arme.

»Soll ich einen Kaffee machen?« fragte ich hektisch. »Ich weiß ja, ich beanspruche Sie über Gebühr.«

»'n Käffchen könnte nicht schaden«, erklärte die junge Frau fröhlich, während sie sich den Mantel aufknöpfte. »Für 'n Käffchen ist allemal Zeit.«

Sie fuhr sich mit den Händen durch ihr langes Haar, wirbelte Amina durchs Zimmer und setzte sich mit ihr dann auf den Boden. Sofort waren sie in einem der flinken Fingerdialoge, bei denen ich draußen blieb.

Zitternd vor Ungeduld ging ich in die Küche und warf mit fahrigen Fingern die Kaffeemaschine an; ich mußte es zweimal tun, weil ich zu Anfang vergessen hatte, Wasser einzufüllen. Hätte ich nur dies Kaffeeangebot nicht gemacht! So verging noch mehr kostbare Zeit.

Zum Kaffee mußte es auch noch Zucker und Sahne sein, natürlich. Und dann wurde ich liebevoll ausgeschimpft, daß Amina so rumgeschubst und von einem zum anderen gereicht wurde.

»Ist ja alles verständlich«, sagte die Waldner. »Die Premiere und dann diese Todesfälle und so! Aber warum muß das Kind zu wildfremden Menschen gebracht werden! In der Tagesstätte ist es doch wirklich am besten aufgehoben!«

Da konnte ich nur zustimmen.

Und dann war es endlich soweit, ihr meine Frage zu stellen – was Amina in der verhängnisvollen Nacht hier bei mir in der Wohnung mitbekommen hatte.

Die Waldner dolmetschte.

So sei es gewesen: Amina sei noch einmal aufgewacht, habe aber die Tante Sophie gar nicht gesehen. Aber in der Küche sei Tante Sophie dann gewesen, und noch zwei Leute. Die haben sie ins Bett gebracht.

»Und vorher oder nachher?« fragte ich.

Wieder ein Hin und Her von Fingern, Gesten, Mundbewegungen.

»Amina ist noch sehr klein«, sagte die Waldner entschuldigend. »Sie beherrscht die Zeichensprache noch nicht so gut, und sie kennt einfach einige Wörter und ihre Bedeutung nicht. Ob etwas nachher oder vorher war, das kann sie nicht so recht auseinanderhalten. Sie sagt mir, nachher oder vorher habe sie Video geguckt. Mit dem Onkel, der mit Mama zusammenspielt, mit Ihnen und einer Tante.«

»Ein oder zwei Videos?« fragte ich.

Jetzt verstand auch ich Aminas Gebärden. Zwei, ja, zwei. Eins mit dem Onkel. Das Mädchen imitierte wieder die große sängerische Geste Freddys. Und das, wo Mama so böse ist und mit der Maske redet – womit sie offenbar den Kopf des Jochanaan meinte.

»Und wovon ist sie aufgewacht?«

»Weil es so kalt war«, sagte die Waldner. »Und die Tür war offen. Sie hat gedacht, Sie seien nicht da.«

Ich nickte und fragte, ob sie das der Polizistin auch gesagt hat. Amina bejahte eifrig.

»Danke, Frau Waldner«, sagte ich mechanisch. »Sie haben mir sehr geholfen.«

»Muß ja bei Ihnen einiges los gewesen sein«, sagte die junge Frau. »Na ja, geht mich nichts an. Nichts für ungut. Ihr Kaffee war prima.«

Sie stand auf, um sich zu verabschieden, und Amina hängte sich an sie. Am liebsten hätte ich sie gebeten, das Kind mitzunehmen. Aber das ging denn wohl doch nicht.

Zwei Videos. Ja. Benin hatte davon erzählt. Natürlich hatte ich es gesehen. Natürlich hatte ich Freddys Triumphbotschaft vernommen und daß er es Belinda gesagt hatte, gleich nach der Premiere – daß er der Gewinner war. Nun hatte die Lenssen dies Video in der Hand. Und inzwischen würde sie es sich ja wohl auch angesehen haben.

Ich rief im KBB an und traf auf eine genervte Astrid Wildmüller. »Dieser dumme Junge, der Timmerling mit seinem Fahrrad, der ist total von der Bildfläche verschwunden! Haben Sie eine Ahnung, wie ich das alles schaffen soll? Jetzt will der GMD auch noch eine komplette Orchesterprobe morgen. Ich darf den Damen und Herrn Musikern Brieftelegramme schicken. Und heute der Vorstellungsausfall – wo sich die Leute vor der Tür geradezu drängeln! Als ob wir uns das leisten könnten!«

»Haben Sie schon die Krankenhäuser abtelefoniert wegen Timmerling?« fragte ich. »Sie kennen doch seinen Fahrstil.«

»Als ob ich dazu Zeit hätte! Das erfahre ich auch morgen noch rechtzeitig, ob der sich wieder die Rippen verrenkt hat!« schnob die Wildmüller durch den Hörer.

»Darf ich Sie trotzdem um was bitten?«

»Nur zu. Ich kann nur ja oder nein sagen.«

»Wenn es Ihnen irgend möglich ist, Frau Lenssen kurz auf der technischen Probe zu sprechen? Sie müßte mich anrufen. Es ist sehr dringend.«

»Sie haben Glück«, sagte die KBB-Chefin trocken. »Marianowski sitzt mir gerade gegenüber. Der wird es übermitteln. Ob sie dann freilich bei Ihnen anruft, dafür kann ich nicht garantieren.«

Nun, das war doch immerhin etwas. Dann klingelte ich Elisabeth an, aber niemand nahm den Hörer ab.

Amina fragte mich pantomimisch, ob sie hier übernachten würde. Und gerade das wußte ich nicht. Wohin sollte ich mit dem Kind gehen? Eine Nachfrage bei der Greddin, und *er* erfuhr, wo sie war, und zimperlich war er ja nicht. Aber wenn die Annahme stimmte, daß es sich um jemand aus dem Haus handelte – konnte ich sie da mit mir nehmen, wenn ich ins Theater fuhr?

Ich ließ meine Jalousien herunter, verschloß die Wohnungstür, spulte die »Salome« wieder zurück und drehte den Ton des Fernsehers auf Minimum. Für Amina blieb sich das gleich.

Wie das Kind starrte ich auf den Bildschirm, auf das nahezu

tonlose Hin und Her der Protagonisten dieser sehr lauten Oper, auf ihre großen Gesten, mit denen sie aufgewachsen waren, und auf die wenigen prägnanten Haltungen, die ihnen die Regisseurin aus der realistischen Welt des Films aufgedrückt hatte. Und auf Belindas klares, knappes, konzentriertes Spiel – sicher, professionell, deutlich und so ganz anders als das Operngewese der »alten Hasen« wie Herodes und Herodias. Eine Darstellerin neuen Typus' – so hatte Peter Zinn sie auch genannt, als er sie gesehen hatte.

Das Telefon traf mich wie ein Peitschenhieb.

Es war die Lenssen. »Wo zum Teufel stecken Sie? Warum sind Sie nicht im Theater?« fragte sie ungehalten.

»Sie haben das Video gesehen?«

»Und gehört. Obwohl... so ganz verstehe ich immer noch nicht. Und meine Hauptdarstellerin kann ich nicht fragen. Sie ist irgendwie verschollen!«

»Was?« flüsterte ich. Mir verschlug es die Stimme.

»Nun geraten Sie mal nicht gleich in Panik. Sie hat ja keine Probe heute abend, und eine junge Frau kann ja schließlich mal...«

»Nein! Nein.« Ich hatte das erste Nein geschrien und das zweite geflüstert. »Sie wissen noch nicht alles. Ich würde gern kommen. Wie lange proben Sie noch?«

Sie fluchte gotteslästerlich. »Bis in die Puppen. Dieser Blödmann von zweitem Beleuchter hat Himbeersirup über die Matrix unseres Lichtfahrplans gekippt. Wir können alles noch mal neu ausleuchten.«

»Hier ist aber noch jemand, den ich unterbringen müßte. Elisabeths Kind. Nein, ich habe Gründe, sie hier nicht allein zu lassen, und noch bessere Gründe, sie nicht mit ins Haus zu nehmen.«

Sie schien kurz zu überlegen. »Aber allein bleibt die Kleine?«

»Das ist sie gewohnt.«

»Passen Sie auf. Ich schicke Ihnen meinen Schlattenschammes rum, diesen Marianowski. Er übergibt Ihnen meinen

Hotelschlüssel. Dann können Sie das Mädchen in mein Zimmer im ›Roten Roß‹ bringen. Ich hab nicht unbedingt 'n Draht zu Kindern, aber wenn sie schlafen, mag es ja angehen. Bis dann. Sie finden mich auf der Bühne oder am Pult.«

Sie war und blieb eine schreckliche Person. Aber auf sie war Verlaß.

17

Ich verwarf die Idee, an der Hotelrezeption Bescheid zu sagen, daß jemand nach dem Kind sehen sollte. Je weniger Leute wußten, wo Amina war, desto besser.

Das Mädchen hatte schon im viel zu kleinen Buggy geschlafen. Sie sah sich ohne große Verwunderung in der fremden Umgebung um, schließlich war sie es gewohnt, mit oder ohne ihre Mutter bald hier, bald dort zu sein. Ich hielt ihre Hand, bis sie eingeschlafen war. Dann ging ich zum Theater.

Im verdunkelten Zuschauerraum war nur das Regiepult in der zehnten Reihe erleuchtet.

Marianowski, mürrisch wie eh und je, saß neben der Lenssen, um Notizen zu machen, während sie durch die Wechselsprechanlage mit der Beleuchterbrücke kommunizierte, Scheinwerfereinstellungen und Farbwerte durchgab. »Versuch's links mal mit Wasserblau. Sehr schön. Geht's noch wasserbläuer? – Ah, das ist ein Ton. Noch ein Mü heller – ja – so – und fixieren. Aufschreiben, Marianowski, falls diese Herren die nächste Matrix auch zur Schnecke machen. Ich will ein richtiges Beleuchterkonzept im Auszug haben.«

Lolu, der Bühnenbildner, der Mann, dessen Arbeit dies hier eigentlich gewesen sein müßte, saß zwei Reihen hinter ihr und hielt die Arme verschränkt.

Er sagte keinen Mucks.

Als die dicke Frau mich im Schein der Türnotbeleuchtung sah, warf sie sich rasch noch eine Praline in den Mund – es hatte Aufsehen erregt, daß sie bei ihrer Inszenierungsarbeit jeden Tag ungefähr ein halbes Pfund zu verschlingen pflegte – und zwängte sich durch die Reihe zu mir, während sie anordnete: »Korrigiert jetzt mal die Mondposition. Das hat noch nie geklappt. Fürs Licht Viertelstunde Pause!«

Gehorsam rückte Lolu auf ihren Platz vor, und er und der Assistent steckten sogleich die Köpfe zusammen.

»Kommen Sie!« sagte die Lenssen und packte mich am Arm. »Ich kann das hier nicht ganz aus dem Auge verlieren. Aber die machen natürlich alle lange Ohren. Wir gehen auf den Rang.«

Sie manövrierte mich zur Tür hinaus.

»Nein, nicht auf den Rang!« protestierte ich entsetzt, eingedenk meines gestrigen Gangs dorthin und der Entdeckung Zieglers im Büfett-Foyer.

»Ach, seien Sie nicht zu zimperlich!« raunzte sie mich an. »Es wird ja nicht schon wieder eine Leiche rumliegen.«

Sie ging voraus, ohne sich zu vergewissern, ob ich auch folgte, und fragte über die Schulter: »Haben Sie das Kind untergebracht? Was ist mit der Kleinen?«

»Jemand hatte sie entführt, um Elisabeth damit zu erpressen«, erwiderte ich. »Ich habe sie eigentlich mehr durch Zufall gefunden.«

»Was sagen Sie da?«

Sie hatte sich zu mir herumgedreht. Ihr Mund stand halb offen, und ihre Lippen waren braun von der Schokolade, die sie gegessen hatte. »Verdammt, das ist ja ein großes Kaliber! Hängt das alles zusammen mit dem, was ich auf diesem komischen Video gesehen habe?«

Ich nickte. Wir stiegen schnell die Treppen hoch, und sie schob mich durch die Tür auf den Rang. Es war die Stelle, wo ich gestern früh an der Holztäfelung gelehnt und in den Raum hineingesehen hatte.

»Falls ihr mich braucht, ich bin hier!« brüllte sie zum Pult hinunter.

Dann lief sie mit jener Leichtigkeit, die ich an ihr so bemerkenswert fand, die Stufen hinunter und setzte sich vorn an der Brüstung auf die letzte.

»Erzählen Sie«, sagte sie leise. »Also Sie hatten mir doch erklärt, diese Figur, dieser Oktavian im ›Rosenkavalier‹, ist für eine Frau geschrieben und wird auch von einer Frau gesungen. Und auf einmal kommt der selige Herr Kordes und imitiert eine Frauenstimme und spielt diesen Knaben. Wieso denn?«

Ich atmete tief durch. Wo sollte ich mit dem Erklären anfangen? Richtig, sie kam ja vom Film.

»Haben Sie ›Farinelli‹ gesehen?« fragte ich.

»Selbstverständlich«, sagte sie ungeduldig. »Ziemlich mittelmäßiger Streifen. Aber was hat das mit uns zu tun? Herr Kordes hat sich doch nicht die Eier abschneiden lassen, oder? Er sang vor drei Tagen noch ganz normal.«

»Es gibt andere Methoden, als Mann eine Sopran- oder Altstimme zu kopieren. Man nennt das Falsett. Manche können es und manche nicht. Bei manchen klingt es komisch und bei anderen genial. Im Augenblick ist dieser Stimmtyp unheimlich gefragt. Normalerweise hat das mit diesem Boom an Barockmusik zu tun. Jedenfalls kann man als guter Altus oder Countertenor ganz anders Karriere machen denn als leidlich solider Bariton. Das war der Grund, warum Kordes ständig nach Berlin fuhr und Unterricht nahm. Die Kollegen fanden es schon komisch. Kein Wunder, er hatte ja niemandem gesagt, daß seine Lehrerin entdeckt hatte, daß er ein hochbegabter Altus war.«

»Ludkat, das hängt immer noch zu tief! Davon rede ich doch die ganze Zeit!« brüllte sie plötzlich nach unten, und ich zuckte zusammen. »Weiter!« drängte sie, nun wieder leise.

»Zinn ist der einzige, der mit solchen Stimmen auch außerhalb des barocken Bereichs experimentiert hat. Er ließ auch einen Zarewitsch im ›Boris‹ und einen Cherubin im ›Figaro‹

von einem Counter singen, obgleich diese Partien für Frauen geschrieben wurden.«

»Verschonen Sie mich mit der Fachsimpelei«, sagte sie ärgerlich. »Also Sie haben Ihre alte Bekanntschaft zu Zinn spielen lassen, und Ihre Elisabeth kam in die Auswahlriege für seine neue Wiener Inszenierung ...«

»Nein«, sagte ich. »Nicht in die Auswahlriege. Es stand eigentlich fest. Er war begeistert.«

»Wann hat der eigentlich Zeit, sich jemanden anzusehen? Der kurvt doch nur durch die Weltgeschichte.«

»Es gibt eine Vorauswahl«, erwiderte ich. »Die findet in Crannweiler statt.«

»Crannweiler?«

»Ja, das ist eine Geheimadresse. In Crannweiler lebt, wenn sie nicht mit ihm unterwegs ist, Sabine Zinn, seine Frau, eine ingeniöse Stimmbildnerin mit der absolut richtigen Nase für Sänger und bis ins Detail vertraut mit Zinns Geschmack. Sie übernimmt die Vorauswahl und schickt die Videos dann an ihren Mann oder sieht sie mit ihm zusammen an. Casting ist in Crannweiler. Elisabeth war durch meine Empfehlung nach Crannweiler gekommen.«

»Und Kordes auch, stimmt's?«

Ich stöhnte auf.

»Ja, ich habe ihm davon erzählt. Ich war sehr froh und stolz, daß es Belinda geschafft hatte. Und er bat mich, für ihn – wir waren damals sehr eng miteinander –, ich wußte ja nicht ... Natürlich dachte ich, er wollte sich um eine Männerrolle bewerben, um den Faninal.«

»Und statt dessen sang er Oktavian vor, und Zinn fuhr auf ihn ab.«

Ich saß mit hängenden Armen da.

Die Lenssen schüttelte den Kopf. »Aber ein Mord wegen der Karriere? Steht das denn wirklich dafür? Elisabeth ist jung. Das wäre nicht ihre letzte Chance gewesen.«

»Keine so wie diese«, sagte ich leise. »Außerdem war von

Mord doch keine Rede. Sie sagte, er sollte ihn nur außer Gefecht setzen.«

»Wer? Wer sollte ihn außer Gefecht setzen?«

»Genau das ist der Punkt, den ich nicht weiß.«

Die Lenssen pfiff leise durch die Zähne. »Darum sollte ich diese blöde Korrespondenz aus ihrer Wohnung holen. Hätten Sie die Videos nicht vertauscht, hätten alle im dunkeln getappt, warum ...«

Sie drehte sich blitzschnell nach mir um. »Halt, Moment mal. Heißt das, nun wartet dies kleine Ungeheuer darauf, daß sie die Partie wieder kriegt, und dann ist für sie alles gut?«

»Sie ist kein Ungeheuer«, widersprach ich. »Aber gewiß hofft sie nun wieder darauf. Nur, da ist nun dieser Mensch. Sie wollte ihn wohl abhängen. Ich weiß ja auch gar nicht, was er von ihr will. Aber er setzt alle Mittel ein.«

Ich erzählte ihr von dem Anruf, von Belindas Botschaft und deren Verschwinden, von meiner Zufallsentdeckung Aminas.

Die dicke Frau hörte aufmerksam zu.

»Hm«, sagte sie. »Ich begreife jetzt Ihre Sorge darum, wo die Tabeau ist. Vor allem deshalb, weil ich denke, man muß unbedingt von ihr erfahren, wer der Bursche ist, um ihm das Handwerk zu legen.«

»Sie sagt es nicht«, erwiderte ich resigniert.

»Was meinen Sie damit?«

»Sie will es zu Ende bringen, das haben Sie richtig erkannt. Und außerdem – sie sagt es mir nicht. Eher vielleicht noch Ihnen.«

»Wieso das?«

»Elisabeth hat nicht mehr das Vertrauen zu mir, seitdem ich Freddy bei Zinn eingeführt habe.«

»Aber das ist doch hirnrissig! Sie wußten doch nicht, daß der Knabe den Kastraten spielt!«

»Es ist Elisabeth.«

Aurora Lenssen sah vor sich hin. »Wer aus dem Haus?« knurrte sie. »Ich werde froh sein, wenn ich diese Irrenanstalt wieder verlassen habe. Hören Sie mal, dieser Bote! Er hat das mit dem Kind in die Wege geleitet, er hat Ihnen das makabre Paket gebracht...«

Ich schüttelte den Kopf. »Glaube ich kaum. Außerdem ist er ja auch weg. Verschwunden.«

»Wie Elisabeth.«

»Schon. Aber...«

»Na, ehrlich gesagt, trau ich diesem Hänfling auch nicht zu, jemandes Leiche von Ihrer Wohnung bis zum Fluß zu schaffen. Aber trotzdem – muß es denn überhaupt ein Mann sein?« dachte sie laut vor sich hin. Dann erhob sie sich. »Ich geh besser wieder runter. Die ruinieren mir sonst noch den Rest vom Stück.«

Wir betraten das Foyer. »Es gab einen einzigen Menschen, der den Mörder kannte«, sagte sie plötzlich und blieb wie angewurzelt an dem Büfettraum stehen. »Die Intendanzsekretärin. Darum ist sie jetzt tot. Aber wer sie umgebracht hat, das frage ich mich lieber nicht. Erst mal nicht.«

◇

Als ich zur Pforte kam, um meinen Schlüssel zu holen, war er wieder einmal nicht da. Die Aushilfe, die in der Loge saß, wußte natürlich noch weniger Bescheid als die Greddin, die also dem Theater immer noch fernblieb.

Während ich noch mit dem Mann palaverte, näherte sich eine lange Gestalt in Lederjacke von draußen. Leider war es zu spät, sich zurückzuziehen. Arndt hatte mich schon gesehen und grüßte.

»Schön, daß ich Sie treffe, Frau Gerber. Vielleicht können Sie mir weiterhelfen. Ich suche Frau Tabeau.«

»Ich auch«, entfuhr es mir.

Er sah mich aufmerksam an.

»Darf ich fragen, warum?«

Hätte ich das Kind nicht in Sicherheit in Aurora Lenssens Hotelzimmer gewußt, wahrscheinlich wäre ich hier der Versuchung erlegen, ihm alles zu erzählen. Es war eine große Verlockung, einfach alles auf andere Schultern abzuwälzen. Nach Hause zu gehen, ein bißchen zu weinen um verlorene Liebe und versäumte Gelegenheiten und andere im Durcheinander zurückzulassen.

»Ich wollte ihr nur sagen, wie es dem Kind geht«, erwiderte ich. »Außerdem glaube ich, daß man sie in dem Probenstreß und in den Erschütterungen dieser Tage nicht allein lassen darf. Wir sind ja befreundet, wie Sie sicher wissen.«

Er sah mich überhaupt nicht an. »Sie ist nicht zufällig bei Ihnen zu Haus?« fragte er beiläufig.

Ich lachte auf. »Von da komme ich gerade. Nein, da ist sie nicht.«

Der Kommissar wandte sich an den Aushilfspförtner: »Ist Frau Tabeau hier?«

»Frau Tabeau?« Ein paar große fragende Augen blickten Arndt an.

Ich machte eine wegwerfende Handbewegung. »Der weiß nichts. Der kennt sich nicht aus.«

»Welche Zimmernummer hat Frau Tabeau?«

Ich mischte mich wieder ein. »Garderobe zwölf. Aber zu dieser Zeit stecken die Schlüssel fast immer in den Türen. Die Requisiteure und Ankleiderinnen legen die Sachen für die Vorstellung oder für die nächste Probe bereit. Wir können natürlich gern nachsehen. Was wollen Sie von Frau Tabeau, wenn ich fragen darf? Ich denke, man sollte sie schonen.«

Er antwortete nicht, ging nur neben mir den Korridor entlang und sah vor sich hin.

Wie vorausgesagt, war die Garderobe offen. Arndt machte Licht und sah sich kurz um, dann schloß er die Tür wieder und fragte mit gedämpfter Stimme: »Wo kann ich kurz mit Ihnen reden, Frau Gerber?«

Ich hatte keine Lust, mit ihm in das Restaurant oder gar in

mein Zimmer zu gehen. Ich wollte ihn loswerden. »Hier, wenn Sie wollen«, erwiderte ich und deutete auf die Raucherinsel-Friedensecke, wo zwei junge Bühnenarbeiter, der eine mit langwallenden blonden Locken, der andere mit rot eingefärbtem Irokesenkamm, ihre Selbstgedrehten rauchten und offenbar über ihre Mädchen herzogen. »Die Winzche ist so affisch, das jeht jar nich«, hörte ich. »Da hammer echt Trauer.«

»Na, eure Kippen sind ja gleich zu Ende«, sagte ich. »Ob ihr uns hier mal 'n bißchen allein laßt? Bloß als Frage.«

Sie sahen mich und Arndt neugierig an. Dann drückten sie wortlos ihre Zigaretten aus und erhoben sich langsam, eher unwillig.

Arndt atmete hörbar aus. Ich hatte darauf gewartet, daß er jeden Moment seine Hundemarke rausholen und »Polizei« sagen würde, um uns den Platz zu verschaffen, und rechnete es ihm an, daß er es nicht tat.

Ich saß auf dem gleichen Platz wie heute früh, als Belindas Botschaft so geheimnisvoll vom Schwarzen Brett verschwunden war, und mußte fast lachen, als ich den Kommissar sagen hörte: »Ich will Ihnen nicht verschweigen, daß ich einen Haftbefehl für Frau Tabeau in der Tasche habe.«

»Oh«, sagte ich, »da werden Sie aber auf große Gegenliebe stoßen. Frau Lenssen wird begeistert sein, daß sie umsonst probiert hat. Und unser Intendant wird sich vor Freude kaum zu fassen wissen, wenn eine spektakuläre Aufführung unter besonderen Umständen nicht mehr zustande kommen kann, weil sie ihm die Hauptdarstellerin vor der Nase weggeschnappt haben.«

»Wissen Sie«, sagte er und polkte mal wieder sein Notizbüchlein aus der Tasche, »das ist mir alles ziemlich egal, wenn es darum geht, einen Täter dingfest zu machen. Aber etwas verwundert bin ich denn doch.«

»Worüber sind Sie verwundert?« fragte ich und preßte die Lippen aufeinander.

Er schielte an seiner Nase herunter.

»Darüber, daß Sie weder empört aufschreien und protestieren noch nachfragen, wie ich zu so einer Ungeheuerlichkeit wie der Verhaftung Ihrer unschuldigen Freundin kommen könnte. Der Wahrheit die Ehre, Frau Gerber – vielleicht habe ich gar keinen Haftbefehl für Frau Tabeau? Vielleicht wollte ich Ihnen nur ein bißchen auf den Zahn fühlen? Ich muß schon sagen: Das ist merkwürdig. Es kam Ihnen so gar nicht abwegig vor, oder?«

Mir war kalt vor Wut. Er hatte mich übertölpelt. Ich war ihm in die Falle gegangen.

»Die Wahrheit ist«, fuhr er fort, »daß ich mich eigentlich nur mit Frau Tabeau über die Computereintragung der Ziegler unterhalten wollte. Unsere Experten haben die Codierung nämlich endlich geknackt.«

Pause.

»Interessiert Sie, was sie gefunden haben?« fragte er freundlich.

Ich antwortete nicht.

»Leider gar nichts Aufregendes, Frau Gerber. Die Friseurtermine der Dame, ihre Fahrten nach Berlin, die Provisionen, die sie einstrich, weil sie als Intendanzsekretärin bestimmte Kaffee- und Cognac-Marken einkaufte und den Gästen des Hauses anbot. Und generell private Verabredungen. Zum Beispiel, daß Sie mit ihr im ›Flicflac‹ einkaufen wollten. Bestätigt. Und davor allerdings, um neun Uhr im Büfettraum, ein Termin mit Frau Tabeau. – Ja, sehen Sie. Und das wäre schon Grund genug für einen Haftbefehl, den ich übrigens nicht habe. Ich hab nur mal eine Sonde gestartet. Wenn überhaupt, müßte ich wohl eher einen gegen Sie erwirken.«

Ich sagte immer noch nichts.

»Hatte Frau Tabeau eigentlich viele Männerbekanntschaften«, fragte er unvermittelt.

Ich lachte. Ich lachte aus vollem Hals.

»Erwarten Sie, daß ich die aufliste für Sie? Ja, Herr Kommissar, Frau Tabeau hatte viele Männerbekanntschaften. Sie ist da nicht sehr heikel. Sie mag Männer. Und Frauen. Aber am besten fragen Sie sie da wirklich selber. Ich bin ja nicht Ihr Leporello.«

Erstaunlicherweise wußte er über Leporello Bescheid.

»Nein?« sagte er. »Aber Sie erledigen doch alles für sie, alle Korrespondenzen, ihre Bewerbungen, alles?«

»Gewiß doch«, erwiderte ich und bemühte mich, Fassung zu bewahren. »Ich tue das, seid wir uns kennen. Frau Tabeau kann das nicht.«

»Was meinen Sie damit? Sie hat keine Zeit, oder?«

»Das auch. Elisabeth ist fast ... nun, sie ist fast Analphabetin. Jedenfalls fällt ihr Schreiben und Formulieren sehr schwer.«

Er klierte in seinem Block. »Danke für Ihre Offenheit.«

»Kann ich dies Verhör jetzt als beendet betrachten?« fragte ich steif und erhob mich.

Er brachte es fertig, mich anzusehen, von unten herauf und nicht unfreundlich.

»Das war ein Gespräch, Frau Gerber, kein Verhör«, entgegnete er höflich. »Ach, sagen Sie, was zieht Sie eigentlich so zu Frau Lenssen?«

»Ich kann die Person nicht ausstehen!« erwiderte ich wütend.

»Da geht es Ihnen wie mir. Nur habe ich das Gefühl, Frau Lenssen enthält uns Informationen vor, die sie nun wieder von niemandem als von Ihnen oder Frau Tabeau haben kann. Letzten Endes wird ja doch niemand was anderes übrigbleiben, als mit der Polizei zu kooperieren.«

Er sah wieder so traurig aus, daß er mir fast leid tat – als wenn er jedem sein Mitgefühl aussprechen wollte, der mit ihm kooperieren mußte.

Ich wandte mich zur Treppe und ging hoch. Unterwegs merkte ich, daß meine Beine schwach waren.

Mein Zimmerschlüssel steckte wieder oder immer noch von außen. Eine Schreibtischlampe brannte und beleuchtete Belinda, die schlafend auf dem Sofa lag.

18

Sie hatte sich in meinen Plaid gewickelt und die Decke bis zum Kinn hochgezogen. Durch das schwarzgefärbte Haar wirkte ihr Gesicht noch blasser als sonst.

Ich zog den Schreibtischstuhl zu ihr heran und betrachtete sie, den Amorbogen der leichtgeöffneten Lippen, den Schwung der Brauen über den geschlossenen Lidern, die seidigen Halbmonde der Wimpern.

Ich wollte sie nicht wecken. Mir schien, daß sie nirgendwo besser aufgehoben war als hier in meinem Zimmer, schlafend, solange es ging.

Am liebsten hätte ich sie gestreichelt. Aber es war wohl nicht recht, sie jetzt zu berühren.

Auf ein großes Blatt Papier schrieb ich: AMINA IST IN SICHERHEIT. DU MUSST NICHTS TUN, WAS DU NICHT WILLST!, und legte es so, daß es ihr beim Aufwachen ins Auge fallen mußte.

Dann ging ich hinüber ins Sekretariat, setzte mich im Dunkeln, stützte den Kopf in die Hände.

Über die Zimmerdecke geisterte der Lichtschein ferner Autos von der anderen Seite des Theaterhügels. Es war sehr warm hier drin.

Schließlich machte ich Licht und begann mich auf dem Schreibtisch der kleinen Aushilfssekretärin umzugucken. Ich hatte sie gebeten, die Post durchzusehen, aber das war ihr wohl zuviel geworden. Jedenfalls lag der ganze Stapel noch ungeöffnet da, und er hatte sich um einen ziemlichen Schwung vergrößert. Mechanisch begann ich von dem Briefhaufen etwas wegzunehmen und auf die andere Seite zu legen. Dann entdeckte ich den Umschlag mit dem Fax. Die Kleine hatte mit großen Buchstaben PRIVAT draufgeschrieben. Peter Zinn hatte sehr früh schon seine Vorliebe für diese Art der Kommunikation entdeckt. Er telefonierte nicht gern. Bevor ihm Fax zur Verfügung gestanden hatte, war er für seine langen Telegramme bekannt gewesen, die er ohne Rücksicht auf Entfernungen verschickte.

Dies hier kam übrigens aus Buenos Aires.

Nachdem ich es gelesen hatte, machte ich das Licht aus und tastete mich im Dunkeln auf den Gang. Im Nebenzimmer schlief Belinda. Ohne zu wissen, warum, öffnete ich, wie heute schon einmal, die noch immer unverschlossene Tür zur Beleuchtergalerie und trat hinaus.

Der häßliche Engel grinste mich an. Acht Meter unter mir lag die Bühne der »Salome«. Jochanaans Zisterne – nichts als ein leeres Kinderplanschbecken; das Gewirr der Podeste und Zargen der Herodesburg – ein unaufgeräumter Spielplatz; die Schläuche und Vasen und Karren einer Gärtnerei, in der nur künstliche Blumen wuchsen. Wie häßlich war doch das Theater! Und wie einfach würde es sein ...

Mir fiel der uralte makabre Irrenwitz ein: Der Direktor geht mit den Insassen in eine Badeanstalt, und alles tummelt sich dort beseligt, bis der Bademeister kommt und sagt: Na, wie schön die das erst finden werden, wenn wir Wasser eingelassen haben ...

Ein Kopfsprung in die leere Zisterne. Aus und vorbei.

Ich legte meine Hand spielerisch auf die Verriegelung des Geländers; an der Stelle, wo eine Treppe an der Seitenbühne nach unten führte, war eine Tür angebracht.

»Ja, was spielen Sie denn da rum? Sind Sie von allen guten Geistern verlassen?«

Eine Hand packte mich energisch an der Schulter und riß mich zurück. Ich taumelte gegen die Wand. Erst jetzt klappte die Stahltür, durch die sie beide gekommen waren: die dicke Frau und Jürgensen, der Bühnenmeister. Zwei massige, gedrungene Gestalten, so standen sie rechts und links von mir, umzingelten mich gleichsam, starrten mich an mit hellen, nüchternen, unnahbaren Augen.

»Was wollen Sie von mir?« stammelte ich.

Ich war wütend und beschämt. Ich lasse mich nicht gern anfassen, schon gar nicht von einem Mann wie dem Bühnenmeister.

»Und was haben *Sie* hier zu suchen?« gab er zurück. »Dieser Bereich ist allein Angehörigen des technischen Personals vorbehalten.«

»Dann schließen Sie ihn gefälligst ab!« erwiderte ich aufgebracht.

»Während einer technischen Probe! Na, hören Sie mal!«

Das war die dicke Lenssen. Sie wendete sich an Jürgensen: »Verstehen Sie nun endlich, was ich meine? Diese Halterungen müssen von da nach da rübergezogen werden, sonst eiert das Ding rum, und wir haben einen Engel im Suff.« Sie zeigte mit der Hand, was sie meinte. »Und beeilen Sie sich ein bißchen mit Ihren Leuten, sonst sitzen wir hier noch um Mitternacht!«

Sie öffnete die Tür und komplimentierte mich mit einer einladenden Geste stumm hinaus. Ich ging mit gesenktem Kopf an ihr vorbei, und sie folgte.

»Hören Sie mal«, sagte sie auf dem Gang, und alles Burschikose war aus ihrer Stimme verschwunden. »Ich hab das Gefühl, Sie sind in der Verfassung, Dummheiten zu begehen. Was ist los?«

»Die Nachricht von Zinn ist da«, murmelte ich, ohne sie zu anzusehen.

»Und?« fragte sie. »Will er unser kleines Wunder trotz Eliminierung des Konkurrenten nicht?«

»Wie Sie reden!«

»Ich sag's, wie es ist. Also?«

»Er meint, die Version, einen Altus für den Oktavian zu nehmen, habe ihn fasziniert – auch wenn es nicht dieser Altus ist. Er verhandelt mit Kowalski.«

»Tja, dann. Haben Sie es ihr schon gesagt?«

Ich schüttelte den Kopf.

»Vielleicht hat das ja auch bis morgen Zeit.«

»Ich weiß nicht, was bis morgen Zeit hat«, sagte ich leise und fühlte ihren prüfenden Blick auf mir ruhen.

»Ich für mein Teil weiß nur eins«, sagte sie. »Jemand wie Sie sollte jetzt weiter gar nichts tun, als ins Bett zu gehen und den nächsten Tag abzuwarten. Sie haben das Kind gefunden und in Sicherheit gebracht, das reicht. Das war Ihr Beitrag. Man kann sich nicht in alles einmischen. Gehn Sie zu Bett, Ihre Nerven sind ja nur noch Spinnweben! Da auf der Galerie rumzuspielen! Sind Sie noch recht bei Troste? – Ach, muß ich mit dem Kind noch irgendwas anstellen? Windeln wechseln oder so?«

»Nein. Sie ist doch schon größer«, sagte ich.

»Um so besser. Das wäre nichts für mich.« Sie legte mir den Arm auf die Schulter, und im Gegensatz zu dem Griff des Bühnenmeisters vorhin empfand ich ihre Berührung anders. Das war kein grober Eingriff, eher eine fast freundschaftliche Berührung. Sanft, aber nachdrücklich dirigierte sie mich in Richtung Treppe. »Gehn Sie einfach nach Haus.«

Ich zögerte. Sollte ich ihr sagen, daß Belinda da drin in meinem Zimmer schlief? Statt dessen sagte ich: »Dieser Kommissar hat sich auch schon wieder im Theater rumgedrückt.«

»Der sollte lieber im Büro sitzen und seine Schularbeiten machen«, knurrte die Lenssen. »Wenn man ihn dann braucht, ist er nicht da.«

Ich war zu erschöpft, um über diese Worte nachzudenken. Ohne mich umzudrehen, ging ich die Treppen hinunter. Wahrscheinlich hatte sie recht. Man sollte alles auf morgen verschieben.

19

Der Wind kam vom Fluß in unregelmäßigen Stößen. Die Nacht war kalt. Obwohl ich ja mit Amina zusammen geschlafen hatte, fühlte ich mich entsetzlich müde. Und in all meiner Benommenheit wußte ich, daß ich einen Fehler gemacht hatte. Welchen? Meine Gedanken kreisten um Belinda, wie sie die Nachricht aus Buenos Aires aufnehmen würde. Nein, das würde Aurora Lenssen wohl niemals begreifen. Elisabeth Tabeau, ein Mensch, dessen Leben nur ein einziges Zentrum hatte: ihre Rolle auf dem Theater. Ihr Aufstieg in die Liga der ganz Großen. Irgendwann ein Weltstar. Wie sich in Belindas Dasein alles konzentrierte auf den Punkt des Absprungs dahin, in jene andere Dimension. Die »Salome« war die äußerste Spitze des Sprungbretts gewesen. Wenn sie von hier aus ins Leere sprang, würden kostbare Jahre vergehen, bis die nächste Chance kam. Und es würde dann vielleicht schon zu spät sein. Jetzt wäre ihre Stunde gewesen. Noch immer fühlte ich meine Liebe zu ihr wie einen Schmerz. Umringt von Dutzenden Freunden und im bunten Getümmel ihrer Liebhaberinnen und Liebhaber, hatte sie doch immer wieder mich, wenn ihr ihre Verlassenheit zu Bewußtsein kam.

Aus der engen Straßenschlucht vom Marktplatz her sauste mit Höllengetöse etwas Rotes auf mich zu, klingelte ohrenbetäubend, bremste kurz neben mir, fuhr in einer Wolke von heißem Bremsmehl an und raste davon: die städtische Straßenbahn. Ich wäre um ein Haar hineingelaufen.

Auf einmal war ich hellwach und zitterte vor Kälte. Was machst du, Sophie Gerber? Spielst an Verschlüssen von Gittern herum, acht Meter überm Bühnenboden, rennst fast in die Tram. Eigentlich ist es doch wohl eher deine Art, die Wege zu Ende zu gehen.

Ich band mein Kopftuch fester, zog den Mantelkragen hoch und steckte die Hände tief in die Taschen. Dann schlug ich den Weg zur Flußaue ein. Es war stockfinster, aber das störte mich nicht. Ich kannte hier jede Ecke, eigentlich ging ich täglich in der Gegend spazieren, und gefürchtet hatte ich mich noch nie. Warum sollte jemand annehmen, daß eine einsame Frau zur Vorfrühlingszeit nachts durch den Park streifen würde?

Das Wasser des Flusses war fast bis an den etwas erhöhten Wegedamm gestiegen. Es strudelte sehr schnell und sehr reißend unter den ungewissen Lichtreflexen der wenigen Laternen, die es in diesem Teil der Anlage noch gab.

Eigentlich hatte ich mir vorgenommen, meine Gedanken zu sammeln, in den Bildern der letzten Tage nach irgend einem Hinweis zu suchen, der mir entgangen war, aber hinter meiner Stirn schien alles wie ausgelöscht.

Ich stemmte mich gegen den Wind vom Fluß und ging schneller. Nicht, daß mir das Wasser nicht unheimlich gewesen wäre. Wasser, das alles zuzudecken in der Lage war. Überschwemmen, wegtragen, auslöschen. So, wie es mir möglich gewesen war, an jenem Abend einen Schlaf zuzulassen, der alles ausgelöscht hatte. Während neben meinem Bett vielleicht jemand erschlagen wurde. – Von wem?

Ich nahm den Bogen zum Seitenarm des Flusses. Von dort aus konnte ich wieder auf die Uferpromenade zurück.

Was für eine Sinnlosigkeit! Belindas Spiel war aus. Und er, den sie dazu gebracht hatte, die Arbeit für sie zu tun? Er schien noch verwirrter als sie. Immer tat er das Unsinnige, das Panische. Und gerade darin war er gefährlich.

Es hatte alles keinen Zweck. Für mich blieb wohl keine Möglichkeit, Belinda zu retten. Weder vor dem, was auf sie zukam – und noch weniger für mich. Ich und jemanden retten! Lächerlich. – »Das ist ja wohl nicht Ihres, Frau Doktor. Machen Sie man Ihre Programmhefte.«

Frau Doktor!

Ich blieb mit einem Ruck stehen. Das Blut klopfte in meinen Schläfen.

Natürlich. So und nicht anders mußte es sein.

Und Belinda war im Theater geblieben... Wo sonst, wenn nicht im Theater, wenn nicht auf der Bühne der »Salome«, mußte der Part zu Ende gespielt werden! Ich preßte die Fingernägel in meine Handballen und begann zu laufen. Kurz vor der Uferpromenade senkte sich der Weg zum Fluß hin. Alles war überschwemmt, aber es konnte nicht so tief sein. Ich rannte weiter und spürte, wie mir die eisige Nässe in die Schuhe drang. Der Untergrund war schlüpfrig. Ich mußte die Hände aus den Taschen nehmen, um mich auszubalancieren. Warum war ich nur so vernagelt gewesen?

Der Wind trieb mich förmlich in die Stadt hinein. Ich keuchte. Die sanfte Steigung zum Theater verursachte mir Seitenstechen.

Es waren kaum noch Leute auf den Straßen, was nicht besagen mußte, daß es schon sehr spät war. Einzig im Viertel am Dom und auf dem Boulevard war um diese Zeit noch »etwas los«. Ein Nachtleben hatte diese Stadt auch nach der Wende nicht entwickelt. Pünktlich um acht schaltete man den Fernseher ein und zog die Vorhänge zu.

Aus dem Bühneneingang kamen vereinzelte Gestalten. »Nacht ooch!« und »Mach's jut, Kalli!« hörte ich. Und dann den perfekt sein Imitat krähenden Hörnlein: »›Was siehst du sie so an? Schreckliches kann geschehen!‹« Darauf die vergnügte Antwort eines Bühnenarbeiters: »Aber immer, Kalli! Hau rein!«

Die technische Probe schien beendet zu sein.

Den Aushilfspförtner nach irgend jemand zu fragen, unterließ ich gleich. Ich eilte an der Loge vorbei durch den Glasgang.

Das Haus schien leer zu sein. Auf den Gängen brannten nur die schwachen Sparaggregate. Es war still, nur meine durchweichten Schuhe verursachten ein quietschendes Geräusch auf dem Boden.

Der Schlüssel zu Belindas Garderobe war der einzige, der noch steckte. Ich stürmte hinein, ohne anzuklopfen. Hier war sie nicht, obwohl der Raum hell erleuchtet war. Belindas Schminkkasten war offen. Der feuchte Wattebausch, mit dem sie sich nach dem Pudern das Gesicht abzutupfen pflegte, lag neben den benutzten Pinseln. Wieso hatte sie sich geschminkt?

Salomes Burnus hing über dem Stuhl. Ich nahm ihn an mich.

Im Haus war es totenstill.

Irgend etwas zog mich nach unten, Richtung Kantine, in den Bauch des Theaters, zu den Stimmen, den dunklen, unüberschaubaren Räumen, wo man sich rußig und dreckig machte, wo die Gewalt wohnte ... Belinda! Ob ich sie retten konnte oder nicht: Ich mußte bei ihr sein.

Während ich den Gang entlanghastete, traf Musik mein Ohr. Salomes Tanz, ganz fern, ganz leise. – Ich horchte mit angehaltenem Atem.

Behutsam öffnete ich die Tür zur Seitenbühne, wo sich Hörnleins Inspizientenpult befand. Was ich sah, traf mich wie ein Schlag. War das ein Alptraum?

Jürgensen saß auf dem Rand der Zisterne, die Beine von sich gestreckt. Ich sah ihn seitlich von hinten: den mit dem ewigen Filzhütchen bedeckten Kopf, den massigen Nacken, den Overall mit dem Werkzeug am Gürtel.

Belinda tanzte auf dem Podest, das den Hof der Herodesburg markierte. Ich mußte langsamer gegangen sein, als es mir vorkam, denn sie trat bereits in das letzte furiose Drittel des Tanzes ein. Ich konnte sie sehr genau sehen, sie war mit aller Sorgfalt geschminkt, die Augen mit dicken Strichen bis zu den Schläfen verlängert, der Mund scharf konturiert, und sie tanzte mit aller Kunst und Präzision, ließ nichts weg, verwischte nichts. Ob einer oder hundert ihr zusahen, spielte keine Rolle.

Schräg hinter ihr stand der vollaufgedrehte Rekorder – hier unten betäubend laut – und ihr kleiner brauner Lederrucksack.

Salome tanzte. Genau mit dem Schlußakkord entblößte sie ihren Oberkörper, bot ihre Brüste auf Händen dar, stand still, hoch atmend.

Dann sagte sie mit leiser Stimme. »So, das war's. Nimm deine Tasche mit dem Geld und verschwinde!«

Ich hörte Jürgensen lachen. »Den Rest auch noch runter!«

Er war aufgestanden und hatte sich dem Podest genähert.

»Nein! Davon war nichts verabredet!«

»Aber feste!« sagte er grob, hob die Hand und riß mit einem Griff das gefaltete Tuch von Belindas Hüften. Mit einer brutalen Bewegung zog er ihr den Slip nach unten und nahm sie dann von dem Podest.

Salome war nun nackt. Ein weißes, schutzloses, kinderdürres Wesen, mitten auf einer großen Bühne.

»Du sollst verschwinden!«

»Unser Badewasser ist schon fertig, Süße«, erklärte der Mann und begann seinen Gürtel abzuschnallen. »Das werden wir uns doch nicht entgehen lassen.«

»Ich will nicht!« Plötzlich lachte sie auf. »Das mit Amina hat nicht geklappt. Die hab ich wieder.«

»Na und?« entgegnete er und öffnete seinen Reißverschluß. »Du bist ja trotzdem gekommen, nicht wahr? Los, du Nutte! Hat es dir nicht immer Spaß gemacht mit mir?«

Er griff sie bei den Schultern, preßte sie an sich und drückte seinen Mund auf ihren Hals. »Am besten, ich beiße dir die Kehle durch. Dann hört die blöde Singerei auf und ich kann dich anderwärts einsetzen!« Seine Stimme war heiser vor Erregung.

»Ohne Singerei kein Geld!« erwiderte sie. Ihre Arme hingen herab, sie ließ sich bewegen, als wenn sie eine Gliederpuppe wäre.

»Verlaß dich drauf, wir sehen uns nicht zum letzten Mal, auch wenn ich heute verschwinde. Brauch ja bloß die Zeitungen zu lesen, um zu erfahren, wo du singst!« Sein Mund wanderte zu ihren Brüsten. »Komm planschen, los! War es nicht immer schön, he? Mach ich's dir nicht besser als der dünnblütige Freddy, ganz zu schweigen von dem Geschlecke deiner Lesbe?«

Und da geschah es.

Die schöne weiße Gliederpuppe verlor ihre Willenlosigkeit. Unter seinen Berührungen hob sie die Arme, um sie ihm um den Hals zu schlingen. Hob sie ein Bein und ließ es an seiner Hüfte nach oben gleiten. Und aus ihrer Kehle kam das tiefe erregte Lachen, das ihre Bereitschaft anzeigte.

Jürgensen trug sie zum Zisternenrand und legte sie darüber. Er hatte immer noch seinen Filzhut auf. Darunter konnte ich seine geröteten, angespannten Gesichtszüge erkennen.

»So«, keuchte er. »Und nun geben wir 'ne Extravorstellung! Applaus von allen Rängen! Das ist mal fein!«

Das Arsenal der Feuerwehr – Schippen, Haken, Zangen und Stemmeisen – stand wie immer neben Hörnleins Pult. Ich hätte auch einfach mit einer Brechstange auf die Bühne gehen können. Aber noch immer wollte ich sie nicht verletzen. Ich legte den Burnus an die Erde. Das Rad der Regenanlage war dicht daneben. Mit der Drahtschere durchschnitt ich die Verplombung, stemmte einen Eisenhaken in die Speichen und begann die verrostete Apparatur mühsam zu bewegen.

Erst dachte ich, es würde gar nichts geschehen. Aber endlich ging es los. Dicke, schwere, dunkle Tropfen, vereinzelt zuerst, dann immer stärker. Auf den Schauplatz dieser Vergewaltigung (war es denn eine?) platschten die schmutzigen Fluten herunter, bedeckten den weißen Leib Belindas mit pestartigen Flecken, verwandelten den Hof des Herodes in eine nasse Ansammlung von Brettern und Pappe. Die Sintflut kam, sühnende Wasser von oben, um alles wegzuspülen.

Der Mann brüllte auf, ließ von der Frau ab und starrte, die Hand schützend überm Kopf, nach oben. »Was, zum Teufel... Abstellen! Abstellen!«

Ich bewegte das Rad eine Drehung mehr und hörte, wie es

nun auch im Zuschauerraum zu tropfen, zu rieseln und zu rauschen begann. Aus und vorbei, Salome. Aus und vorbei, Opernhaus.

Jetzt hatte mich Jürgensen erspäht und stürzte, brüllend wie ein Stier, in seinen offenen Sachen auf mich zu. Ich zog die Eisenstange aus den Radspeichen und hielt sie vor mich hin.

»Sie können mir nichts tun«, erklärte ich ruhig, und ich fühlte, daß ich ihn anlächelte. »Sie haben nichts zum Zuschlagen dabei. Aber ich.«

Ich hob Belindas Burnus auf und ging, unbekümmert um das dreckige Wasser, das mich traf, zu ihr auf die Bühne.

Sie war neben der Zisterne zusammengerutscht und machte keine Anstalten, sich vor den schlammigen, kalten Tropfen zu schützen. Dünne, dunkle Bäche rieselten über ihre Haut.

»Zieh das an!« sagte ich und hielt ihr das Kleidungsstück hin.

Sie sah zu mir auf, die riesig geschminkten Augen, grau wie Rauch, schienen völlig ausdruckslos. Sie machte keine Bewegung.

Ich legte ihr den Burnus über die Schultern und wandte mich um, denn nun hatte Jürgensen sich bewaffnet.

»Du verdammte Lesbenhure! Auf dich kommt's auch nicht mehr an!« schrie er, während er mit einem Stemmeisen auf mich zugeschossen kam.

Elisabeth schrie auf. Und während ich mich hinter dem Zisternenrand verschanzte, packte sie aus ihrer kauernden Position heraus seine Beine und brachte ihn zum Stolpern.

Jürgensen fluchte.

Ich stand mit meiner Eisenstange in der Hand, überlegte, wie lange wir wohl um diese Zisterne herum Räuber und Gendarm spielen konnten, ehe er mich hatte, und fand alles sehr lächerlich.

»Mach, daß du wegkommst, Belinda!« sagte ich und wischte mir die Stirn. Sintfluten sind sehr lästig.

Inzwischen rutschte ich auf dem Bühnenboden schon fast so sehr wie in der überschwemmten Flußaue.

20

Ich hatte mit gar nichts mehr gerechnet. Kommissar Arndts und seiner Leute Erscheinen im buchstäblich letzten Moment verwunderte mich eher, als daß es mich erlöste. Es war mir schon fast egal. Erst als ich die dicke Frau schreien hörte, wurde mir klar, wer ihn hierhergebracht hatte.

»Stellt die verdammte Regenanlage ab! Dreht das Ding zu!« brüllte sie. »Ja, sind wir denn hier im Tollhaus? Meine Inszenierung!«

Gleich zwei Polizisten machten sich an dem Rad zu schaffen, während drei andere Jürgensen überwältigten und ihm Handschellen anlegten. Der Hut war ihm vom Schädel gefallen. Kahlköpfig und bullig stand er da, und sein Blick war ruhig und kalt.

»Na und?« sagte er. »Was ist mit der Kleinen? Schließlich war es ihre Idee. Und als sie sich mit Ziegler getroffen hat, da hat sie sich von mir vorher 'n Spitzhämmerchen ausgeborgt ...«

Elisabeth ließ alles mit sich geschehen. Ich ging zu ihr und wischte ihr das schmutzige Wasser aus dem Gesicht. »Ich kümmere mich um Amina, wenn sie mich lassen«, sagte ich leise.

Sie nickte. »Und Peter Zinn?« fragte sie.

»Er nimmt Kowalski«, erwiderte ich.

Sie sah mich an, still und nicht einmal traurig. »Dann war ohnehin alles umsonst«, sagte sie, und plötzlich fielen mir Herodes' letzte Worte ein: »Man töte dieses Weib.«

Die Lenssen saß auf einer Kiste neben dem Inspizientenpult, hatte den Kopf in die Hände gestützt und fluchte leise vor sich hin: »Scheiße, Scheiße, Scheiße. Schlammschlachten im Opernhaus, die nächsten Schlagzeilen. Waren Sie das, Frau Gerber?«

Ich nickte.

Plötzlich begann sie zu lachen.

»Ich kann es gar nicht fassen. Na gut, ohne Salome hätten wir ›Salome‹ ohnehin nicht spielen können. Da haben Sie aber Helge Pistorius' schönes Theater ziemlich zur Sau gemacht, was?« Sie linste mit zusammengekniffenen Augen in den Zuschauerraum und schüttelte den Kopf.

An uns vorbei zog Arndt mit seinen zwei Gefangenen ab. Er würdigte uns keines Blickes.

»Der ist ganz schön sauer auf Sie«, erklärte Aurora Lenssen und grinste. »Und eigentlich hat er ja recht. Warum haben Sie ihn nicht benachrichtigt, als Ihnen die Zusammenhänge klar waren? Haben Sie immer noch gehofft, Sie könnten Elisabeth irgendwie retten?«

Ich schwieg. Ich hatte das mit der Ziegler nicht gewußt und hielt es noch immer für eine Lüge Jürgensens. Aber machte das die Sache weniger schlimm?

»Wie haben Sie's rausgekriegt?« fragte ich.

»Als ich wieder auf die Galerie kam, sagte Jürgensen irgend so was wie ›ganz schön hysterisch, die Frau Doktor‹, und da fiel mir ein, daß Sie mir sagten, der anonyme Anrufer hätte Sie Frau Doktor genannt. Das machte mich hellhörig. Ich hab dann die Probe beendet, und da hörte ich, daß er von seinen Leuten noch verlangte, Wasser in die Zisterne zu füllen, obwohl das gar nicht auf dem Programm stand. Und plötzlich war mir das Szenario so ziemlich klar. Bis auf Ihre Sintflut.«

Sie sah mich an. »Himmel, wie Sie aussehen! Gehen Sie duschen! Ich besorge ein paar Decken oder irgendwas aus der Garderobe. Und dann fahren wir erst mal ins Hotel zu diesem Kind.«

◇

»Heute im Laufe des Tages ist mir mulmig geworden«, plauderte sie im Wagen. »Da dachte ich: Scheiß auf die Polizeiphobie. Hier kommen wir ohne die Herren nicht weiter. Ich war schon den ganzen Tag telefonisch hinter Arndt her. Er war ja sogar mal im Haus gewesen am Abend. Er hätte viel früher hier sein können, aber er hat die Krankenhäuser abgeklappert nach diesem Boten, der als vermißt gemeldet wurde. Dachte, das hängt mit dem Fall zusammen.«

»Und? Tut es das?« fragte ich matt.

Sie zuckte die Achseln. »Der Knabe ist mit einem Lkw kollidiert und liegt im Koma. Ob das nun ein Verbrechen war oder ein Unfall, weiß keiner. Es heißt ja, der sei gefahren wie die helle Pest. Jedenfalls, Aussagen konnte er keine machen. Aber da Arndt im Krankenhaus sein Handy nicht benutzen durfte wegen der Herzschrittmacher-Patienten, hat uns dieser Unglücksrabe ganz schön in Zeitverzug gebracht.«

Wir waren im Hotel angekommen.

In der Lounge und an der Rezeption starrten sie mich an. Ich trug ein ungarisches Bauernkostüm und darüber einen Poncho, das, was sich so in offenen Garderoben gefunden hatte.

Die Lenssen orderte eine große Flasche Chivas Regal und zwei Gläser, bevor wir aufs Zimmer gingen.

Amina lag quer über das ganze Doppelbett gebreitet und schlief, die Fäuste vorm Mund geballt. Um sie war eine Aura wie Milch und Honig.

Ich ließ mich in einen Sessel fallen und bedeckte die Augen mit der Hand. Plötzlich begann ich zu zittern.

»Na, na«, sagte die Dicke forsch. »Nun bleiben Sie mal auf 'm Teppich.« Sie öffnete die Flasche, schenkte ein Glas ein und hielt es mir unter die Nase. »Los, zieren Sie sich nicht. Das ist genau das, was Sie brauchen.«

Widerstand war ohnehin zwecklos gegen sie. Ich stürzte das Getränk hinunter. Sie hatte sich gleich einen Doppelstöckigen eingegossen.

»Alles kriege ich immer noch nicht auf die Reihe«, sagte ich müde.

»Was, nicht? Der Fall ist klar wie die Sonne«, erwiderte sie, streifte die Schuhe ab und nahm im Schneidersitz mir gegenüber Platz. »Also, Elisabeth kriegt mit, daß ihr dieser Kotzbrocken Freddy die Partie vor der Nase weggeschnappt hat, von der sie sich alles erwartet. Sie bittet ihren alten Spezi und Liebhaber Jürgensen – sicher einer unter vielen –, Freddy 'n kleinen Schrecken einzujagen und ihn für eine Weile matt zu setzen. Nach ein paar Bierchen bricht Jürgensen von der offiziellen Premierenfeier auf, schon angetüdelt, aber noch dicke da. Plan hat er keinen. Er weiß nur, daß bei der Frau Doktor weitergefeiert wird. Problemlos kommt er ins Haus – Ziegler hat offengelassen. Als die nächsten rausgelassen werden müssen, weil inzwischen wer zugeschlossen hat, schlüpft er durch die offene Wohnungstür – sonst hätte er sicher auch geklingelt –, wartet, bis Ziegler abhaut, stellt fest, daß alles pennt und knöpft sich Kordes vor. Die Angelegenheit wird heftiger, als er gedacht hat, und blau sind beide. Da liegt Ihr Fleischklopfer rum, und der Bühnenmeister haut zu. Freddy ex. Wohin mit der Leiche? Jürgensen begeht seine erste Dummheit. Er nimmt den ollen Duschvorhang und wickelt den Herrn Kammersänger ein. Aber nun das Malheur: Unten ist dicht. Jürgensen dreht völlig durch und donnert die Tür ein, um seine unangenehme Bürde in der Saale versenken zu können. Warum er Duschvorhang und Fleischklopfer nicht hinterherschmeißt, weiß der Himmel. Vielleicht ist er einfach zu blau, was auch erklären würde, daß er das Zeugs so ablegt, daß Ziegler es entdeckt. Als vigilante Person erkennt sie Frau Gerbers Duschvorhang, nimmt ihn an sich und fängt an zu kombinieren, wobei sie hofft, drei Fliegen mit einer Klappe zu schlagen beziehungsweise gleich drei Leute abzocken zu können. Macht fein nacheinander Terminchen. Erst die Kleine, dann Sie. Aber bis zur zweiten Verabredung dringt sie gar nicht mehr vor, weil irgendwer schon um 9 Uhr zuschlägt – ob Elisabeth oder Jürgensen, das sei mal dahingestellt.

Inzwischen wird Jürgensen die Sache zu heiß. Wo er hinhaut, wächst kein Gras mehr, und so war das ja gar nicht geplant. Er verliert immer mehr die Übersicht. Also will er verschwinden. Aber mit dem Verschwinden allein ist es bei ihm nicht getan. Er will sich mit ihr auch noch 'n schönen Abgang verschaffen und vielleicht kassieren. Erst sträubt sie sich. Also läßt er das Kind wegbringen. Dann endlich spielt sie mit. Es ist ohnehin alles egal. Alles aus dem Ruder gelaufen. Arme Schweine, wenn Sie mich fragen. – Los, nehmen Sie noch 'n Schluck!«

»Ich muß nach Hause.«

»Müssen Sie nicht«, sagte sie entschlossen. »Wissen Sie was? Ich krieg noch den Nachtzug. Ich lasse hier alles liegen und stehen, und Sie haben dann die nette Aufgabe, es mir nachzuschicken. Dafür können Sie diese Nacht hier mit der Kleinen in einem Bett schlafen und sich bis zum Eichstrich vollaufen lassen. So wie nach der Premierenfeier. Daß Sie nichts mehr hören und sehen. Als wenn Sie gestorben wären. Ich zahl unten. Den Whisky lasse ich Ihnen.«

Sie begann ein paar Sachen zusammenzukramen. »Nichts wie weg hier«, murmelte sie.

»Und Ihre Inszenierung? Die ›Salome‹?«

Sie lachte auf. »Die haben Sie doch gerade ersäuft samt H.P.s ganzem Opernhaus. Nee, außerdem hab ich die Nase voll von Oper. Übrigens werden Sie 'n guten Anwalt brauchen, wenn es darum geht festzustellen, daß Sie das Haus nicht mutwillig ruiniert haben. Na, nicht mein Bier.«

Sie stand schon an der Tür.

»Tschüs, Frau Gerber«, sagte sie nicht unfreundlich.
»Tschüs«, erwiderte ich und goß mir ein.

In der Zweiten Reihe sind bisher erschienen:

Krimi 2001 Michael Nava: Der kleine Tod
Krimi 2002 Waldtraut Lewin: Dicke Frau auf Balkon
Krimi 2003 Michael Nava: Goldjunge
Krimi 2004 Tom Wittgen: ... liebes Kind, komm, geh mit mir
Krimi 2005 Frigga Haug: Jedem nach seiner Leistung
Krimi 2006 Tamara Domentat: Ende eines Tanzvergnügens
Krimi 2007 Frank Augsburg: Aufschwung Ost
Krimi 2008 Hartmut Mechtel: Der unsichtbare Zweite
Krimi 2009 Lewin & Margraf: Jochanaan in der Zisterne

Zweite Reihe Krimi